Jefes Tóxicos
El MultiTox

*Quiénes son, sus Tácticas,
sus Víctimas y qué Hacer*

Guía de
Manifestación de Toxicidad
y de Ayuda

Lilian Cerdeira M

Si le interesan otros programas, conferencias, talleres o libros de la autora o mantenerse informado y en contacto con ella, escríbanos a:

contacto@ingeniategroup.com
lcm@ingeniategroup.com
www.ingeniategroup.com

1era edición mayo 2019

Título Original: Jefes Tóxicos: El MultiTox

ISBN: 978-84-09-11321-7
agenciaisbn.es
dilve.es

*. . . por la voz de las víctimas
de la toxicidad laboral,
su anulación como individuo y
la depredación de su humanidad...*

EN AGRADECIMIENTO

"Las palabras nunca alcanzan
cuando lo que hay que decir desborda el alma"
Julio Cortázar

Si he de ser honesta, es la primera vez que comprendo de corazón y mente, por qué todo libro inicia con una sección de Agradecimiento y Dedicatoria. No es sino hasta ahora, sentada frente a mi fiel compañera y al redactar estas líneas de verdades, de testimonios y de luchas, que agradezco el valor, el empuje, la terquedad y la fe, que seres tan cercanos y amados han tenido en la realización de este escrito.

Sé que hubiesen preferido permanecer en el anonimato, pero cómo dejar de mencionar a quienes han sido parte de convencerme y tomar el valor de escribir sobre un tabú, sobre lo que a millones ha paralizado frente al miedo, sobre la verdad de conciencia de los espectadores de una dolorosa realidad, de las horas, del cansancio, del desespero cuando tienes tanto testimonio documentado que requiere meses sólo organizarlo y no sabes ni por dónde empezar.

Cómo no dar identidad, si es en esa misma identidad que se reconoce la grandeza irrepetible de quienes te acompañaron para que esta guía sea una realidad. Por esto y seguramente mucho más que dejo de decir, porque como bien señala Cortázar, se me desborda el alma, ...

Agradezco a la voluntad divina y a la complicidad del Universo por mostrarme el camino, por entender hoy, cada uno de los senderos, tristes y dolorosos algunos, maravillosos y plenos otros, que tuve que vivir hasta llegar aquí.

Agradezco a cada uno de mis líderes, en especial José Luis, a mis equipos maravillosos y de talentos indiscutibles, Pedro, Heglin, Alejandro y Mariana.

Agradezco a cada uno de los que se acercaron en busca de consejo, de compañía o de una buena copa de vino, y a las innumerables horas de enseñanza y aprendizaje que cada uno de los seres con los que me he relacionado en mi vida, han contribuido en gran medida, a lo que hoy soy.

Agradezco a mis dos maravillosas, únicas e irrepetibles hijas, porque sin la madurez, la valentía, la rebeldía y la entereza de la mayor, Marian, hubiese renunciado y engavetado estas hojas. A ti mi niña, por haber sido la mejor compañera de vida, la que hizo que saliera de mis debilidades, enfrentara mis miedos y confiara en mi. A ti, por haberme hecho madre y entender que no eres mía, ningún hijo lo es, pero te llevo tan adentro como si lo fueras. A ti mi Mani, porque fuiste mi manual para ser madre y allanaste el camino del aprendizaje para tu hermana. A ti hija, por haber sido parental cuando el camino nos dejó solas a las tres, entregando, sin quejarte, tu tiempo, tu juventud, tu paciencia, tu amor y tus cuidados a la más pequeña. ¡Gracias Marian, por escogerme!

Agradezco la inocencia, la frescura, la templanza y la generosidad de mi peque, Gabriela; sin ti, me hubiese costado seguir más de una vez. A ti mi niña, por renovarme, por enseñarme a reinventarme y seguir tu ímpetu y aprender de esta nueva generación fresca, directa, auténtica y con propósito, porque así eres tú. A ti, por demostrarme que sin importar el tiempo que pase, el nacimiento de cada hijo, es como si fuese siempre el "primer hijo". A ti hija, por recordarme cada mañana que sí se puede, que siempre hay una vía, que siempre podemos cambiar las cosas, porque la vida es bella. A ti mi peque, por todas las ocurrencias y sueños que me inyectan las ganas de ir por más. ¡Gracias Gabriela, por escogerme!

Agradezco a mis padres, Fidel y María Sol, por hacerme quien soy, por cada hora sin dormir, por cada consejo, por cada esfuerzo, y sobretodo por sembrar en mi humanidad las semillas de la irreverencia y del poder ser de uno mismo.

Agradezco a Luis David, retador de mi pensamiento y motivador a mantener este proyecto cuando mi mente era un caos de información y mis angustias no daban paso libre a las palabras que debían rendirse ante las víctimas. A ti, por haberme dado el equilibrio emocional y mental que tanto necesitaba para hilar las ideas y por ayudarme a aliviar el tiempo que tanto necesité para poder llevarlo a cabo.

Agradezco a Mili, mas que una amiga, mi hermana de vida. La que jamás dejó de creer, la que nunca dijo no a tantos pedidos de auxilio y favores. La que siempre estuvo presente en cada uno de esos "momentos" que te cambian la vida. A su maravillosa familia, que es mía también, y que acobijaron todos los sueños y luchas de esta servidora.

Agradezco a cada testimonio, a cada persona que confió, que vio en mi una mano de ayuda en un transitar por la humillación y la desesperanza, y que debo mantener en el anonimato.

Y te lo *dedico* a ti, hermanito del alma, José Alberto, porque un día, frente al balcón de casa, hace ya veintidós años me hiciste prometer *"hermanita, sé que algún día escribirás y ese primer libro me lo tienes que dedicar y firmaré contigo"*. Recuerdo tan vívidamente ese instante…agarraste el cuadernito y plantaste tu firma junto a la mía. Nos reímos porque sólo soñábamos despiertos cuando en mi ingenuidad te compartí ese pequeño cuaderno donde empezó este viaje de escribir. ¿Quién diría hoy, manito, que finalmente me atreví? En donde estés, ¡Gracias!

A todos … por desafiarme a superarme, a ser mejor, a no rendirme.

*"El amor deja tal memoria en la fibra humana,
que aún en su ausencia, está presente"*
Lilian Cerdeira M

INDICE DE CONTENIDO

FIJACIÓN

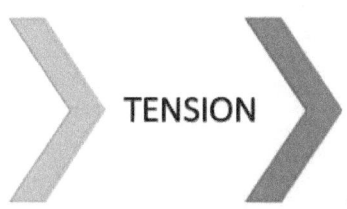

INDICE DE FIGURAS E ILUSTRACIONES

¿POR QUÉ?

*"Cuando perdemos el derecho a ser diferentes,
perdemos el privilegio de ser libres"*
Charles Evans Hughes

Desde hace algún tiempo, está muy de moda hablar de inteligencia emocional, es decir, esa capacidad de reconocer las emociones, saber manejarlas y por lo tanto gestionar, en forma adecuada, las relaciones humanas con otros (Ana Muñoz, 2019). Pero desconozco si es porque alguien decidió utilizar el término "emocional", o porque desde tiempos inmemorables, los grandes cargos se han ocupado en su mayoría por personas que definen su poder al alejarse justamente de lo "emocional", o tal vez porque la connotación inconsciente (aprendida sin duda) de la palabra misma es igual a secundario, débil, no importante, debe esconderse, etcétera.

El punto es que, por generaciones, la fortaleza misma de cada ser humano y la forma de venderse como gran ejecutivo y con capacidad de mando ha imperado, justamente, alejarse de las "emociones". Cuanto mas frío, duro, déspota, impersonal y alejado, ¡mejor! Y la verdad, poco ha cambiado esta realidad ancestral.

Ser "emocional" no es ser débil, subjetivo, menos, o poco racional. De hecho, la mayoría de las personas, hombres y mujeres, catalogadas como "emocionales" despliegan una serie de conductas que bien podrían las empresas beneficiarse de ellas. Por ejemplo, son empáticas y se ponen fácilmente en el lugar del otro, lo que las hace más respetuosas y educadas. También, son más intuitivas ya que son más sensibles al contexto y están más conectadas a sus emociones. Son más creativas y se desarrollan en el arte, la música, la danza, las ventas, el marketing, etcétera.

Sí, es cierto que tardan más en tomar una decisión, pero es porque recogen más sutilezas de su entorno porque normalmente pasan más tiempo pensando y procesando la información antes de participar y contribuir en una discusión. Los "emocionales" suelen ser personas que razonan más y, por tanto, tardan más tiempo en tomar una decisión o tomar medidas, porque son más conscientes de las consecuencias y los matices de sus decisiones, lo que las hace más confiables y buenos compañeros de trabajo porque son personas reflexivas y suelen ofrecer compromiso, comprensión y sabiduría a un proyecto en equipo. (Corbin, 2018)

Pero como ser "emocional" es percibido como una "debilidad" profesional, tal vez por eso, hoy, hay tanta resistencia al cambio empresarial que implica cuidar nuestras relaciones humanas con otros, partiendo de la interacción que implica sentarse a conocer realmente con quienes trabajamos, sus motivaciones, sus necesidades, sus sentimientos y de ahí, actuar en consecuencia. Es decir, establecer una cultura de trabajo que incentive la creatividad, el servicio, la satisfacción, el bienestar, el propósito, el compromiso, la motivación, la excelencia y la velocidad de respuesta; y que esta "inteligencia emocional" sea parte de la cultura empresarial.

Basta ya de tanta hipocresía y de hablar de inteligencia emocional por parte de nuestros eruditos de RRHH, dejen de mencionarlo como si al hacerlo estuviesen validando ante otros que saben de lo que están hablando, y si creen saberlo, entonces sean coherentes y desarrollen una verdadera cultura emocional, de bienestar y con propósito en las empresas en las que se desarrollan; sino por favor, dedíquense a otra disciplina, no se conviertan en cómplices.

Fácil es exigir esta "inteligencia emocional" a los colaboradores, porque al estar de moda, pues hay que hacerlo; cuando los jefes son los primeros en no tener ni idea de lo que significa, mucho menos cómo llevarlo a la práctica. Y muchos no son ni capaces de retarla, sólo se acomodan a sus predecibles quincenas, permitiendo que otros sufran humillaciones y vejaciones. Cuanta más resistencia ejerzamos a aceptar esta verdad, mayor será el obstáculo y el costo económico, social y humano para la adaptación y el progreso de empresas e individuos, lamentablemente.

Sea cuales sean las razones, es necesario tener esta conversación sobre la cultura organizacional y la "inteligencia emocional" en forma clara y contundente, que está presente o no en individuos y, por ende, en empresas; y posiblemente sea el tópico más relevante, en los próximos diez años, y del que estaremos hablando en conferencias y seminarios.

Desafortunadamente, hoy, no estamos teniendo esa conversación con la frecuencia, la claridad y la necesidad que se requiere; y una de las razones, a mi juicio, es que justamente esa conversación sólo se inicia y materializa, sólo es importante y relevante de manos de un LIDER, no de jefes.

Y ese es otro de los problemas que enfrentamos, la carencia de líderes o para no ser tan dura, la escasa presencia de ellos. Ese espécimen que en mis tiempos empezando a trabajar, era poco más que considerado una herejía. Cualquier colaborador que osara preocuparse por otros, escucharlos, atender y buscar alternativas de solución, el que intentase dirigir, el que retara el status quo en búsqueda de mejorar el ambiente y la cultura empresarial (ni se hablaba de ello, de hecho) era considerado un problema, un dolor de cabeza, el débil, el que no tenía "inteligencia emocional" (sí, parece un mal chiste, ya lo sé).

Este "no apto" para crecer dentro de la empresa era perseguido, humillado y presionado hasta que renunciaba porque cuidaba más los intereses de otros, que los de la empresa; cuando como bien dice Ziglar, *"No se construyen empresas. Se construye gente y la gente, construye a las empresas"* (Ziglar, 2000). Lástima que esta situación aún es una realidad presente en nuestras organizaciones, pero con más ceguera y "flojera" para salir de la zona de confort y encarar esta realidad desde el valor que da decir la verdad y actuar conforme a ella.

Sin embargo, si tenemos la fortuna de estar bajo la dirección de un Líder, la vida es otra. No sólo nos sentimos motivados, bendecidos, retados y respetados, sino apreciados como profesionales y personas. El efecto de su conducta impacta no sólo rendimiento, estabilidad y compromiso en los demás, sino que inspira grandeza en otros; y eso es Liderazgo, en mi humilde opinión. Un líder siempre logrará que manifiestes la mejor versión de ti mismo, no la destruye, la anula o la opaca; y la forma en cómo trata a los demás, revela su verdadera grandeza y medida.

El ser y carácter de un Líder lo demuestra en cómo trata a quienes piensa o cree que no pueden hacer nada por él. ¿Por qué? Porque es una persona humilde y gentil con todos, sin importar status, cargo, raza o apariencia. Dedica horas a escuchar, a conocer a su equipo, sus individuos, y a enseñar; pues todo conocimiento que no se comparte, termina corrompiendo al dueño del mismo. Y como broche de oro, lo hace sobre el tiempo. Es decir, no sólo para conocer inicialmente a su equipo y sus motivaciones y oportunidades, sino en el tiempo.

Siempre ha de detenerse años después, para conocer cómo su Jefa de Mercadeo ha cambiado su vida después de ser madre, o cómo su cajero ha logrado superar junto a su familia, la enfermedad degenerativa de un abuelo tras años de tratamiento; o qué aspiraciones tiene su asistente al haber terminado su carrera en administración. Un Líder siempre está al tanto no sólo de sus individuos cuando los conoce, sino de la evolución de las realidades y motivaciones cambiantes de los mismos, a través del tiempo.

Un Líder engrandece y escucha. Actúa siempre motivado por el crecimiento de otros, de su equipo, para que puedan hacer lo que desean hacer, hacerlo bien y superar incluso, sus propias limitaciones y expectativas. Un Líder deja saber a sus colaboradores cuán importantes, valorados y apreciados son. Los respeta y los considera, y es en estos valores que ancla su proceder, y por supuesto, no es sorpresa el nivel de lealtad, compromiso, motivación y entrega que generan, porque sencillamente el actuar de un Líder ayuda a aumentar la moral, el compromiso y la lealtad del equipo bajo su dirección y guía. Y lo más significativo, hay coherencia entre sus palabras y acciones. Es decir, es un escucha activo, que promueve y ejecuta acciones en pro de dar respuesta al bienestar emocional de sus equipos y, por ende, el de la propia empresa.

Un jefe, uno malo, es absolutamente lo opuesto. Es autoridad, poder, mando y control de una personal sobre otra. Tal vez nos viene heredado desde la revolución industrial, con la sustitución del trabajo manual y grandes líneas de producción; donde todos los colaboradores eran iguales, y hacían un mismo trabajo repetitivo y contra reloj. Para arrear ganado, con todo respeto, sólo era necesaria una persona, un jefe. Esa persona que manda a otras, inspira miedo, todo es sobre el "yo" y no sobre el "nosotros", presume todo el tiempo de sí mismo, todo es urgente, busca responsables y no soluciones, es soberbio y arrogante, poco comunicativo, mal planificador, no predica con el ejemplo, se apropia de los logros de otros, no asume sus responsabilidades, está ausente, fomenta la rivalidad y la discordia y no cumple con sus promesas. (Mal Jefe, 2017)

¿Triste, cierto? ¡Se pone aún peor!

Según la investigación global más reciente de Gallup (*encuesta de opinión en medios de comunicación, para representar a la opinión pública, de George Gallup*) *sólo el 13% de los empleados de todo el mundo están comprometidos con su trabajo.* ¡¡¡Cuánta desdicha, stress laboral y autómatas en el mundo!!! Una de las razones que se especifica, es que los empleados sienten que su jefe no los respeta o aprecia. La verdad es que los grandes líderes hacen que todas las personas con las que entran en contacto se sientan como la persona más importante. No me canso de repetirlo, los grandes líderes construyen personas, no las destruyen.

¡Más datos! *Al menos el 5% de los jefes tóxicos son, directamente, sociópatas*; según Luis Huete, profesor de IESE Business School, *"Los jefes tóxicos hacen un enorme daño no solo al talento, sino a la fibra humana de sus equipos. Una persona que trabaja en un entorno laboral tóxico pierde al menos 10 años de vida*". (Huete, 2015) ¿Impactante cierto?, pero no sorprende. Si son diez, o menos o más, los años que se pierden, el punto es que nadie tiene derecho a quitarte tu sosiego, tu calma, tus aspiraciones, tus sueños y mucho menos tiempo de vida. Al final, el tiempo, es lo único que jamás podrás recuperar, una vez perdido.

En esta búsqueda de data que demostrara al lector con hechos, el devastador impacto de un Jefe Tóxico y sus acciones, encuentro el estudio realizado por la consultora Otto Walter, publicado en El País - periódico español fundado en 1976 – escrito por Ramón Olivier, en noviembre de 2016.

Esta consultora llevó a cabo un estudio en 2012, titulado Los jefes tóxicos, en el que preguntó a miles de empleados de todos los sectores y categorías profesionales acerca de cuáles habían sido los comportamientos más irritantes que habían sufrido de sus superiores. El 49% de los encuestados denunció las "faltas de respeto" como la principal lacra procedente de los mandos. "Prepotencia", escogida por un 37%, "incompetencia directiva" (29%), "falta de apoyo al equipo" (28%) o "ausencia de trato humano" (25%) completan este cuadro de horrores. Unas nefastas credenciales, especialmente si se tiene en cuenta que quienes las acreditan *se supone que están de jefes porque un día destacaron como buenos profesionales*". (Directivos muy tóxicos, 2016)

Sin embargo, y a pesar de que todos hemos escuchado sobre esto, lo sabemos o lo hemos vivido, es increíble presenciar como aún existen JEFES a cargo no sólo de departamentos y de regiones, sino de grandes consorcios, empresas con miles de vidas a su cargo y lo que es aún más triste, esta especie, se aferra tan miserablemente a su estilo gerencial pernicioso, dañino y castrante, que podríamos incluso no sólo profundizar sobre la clasificación de los diferentes tipos de Jefes que se mueven libremente por la vida empresarial y con mayor número de espectadores, lo que es aún más preocupante; sino estudiar los grados de toxicidad que pueden llegar a ejercer sobre otros, convirtiéndolos en los depredadores más efectivos en su actuación y los más escurridizos e impunes a las consecuencias, por eso siguen vigentes.

El hecho mismo de que 8 de cada 10 personas que salen a trabajar día a día, 8 de cada 10 pasan la mitad del día sufriendo y padeciendo de una cultura a la que les importa nada si les llega o no el sueldo, si le aprecian o no en su aporte, si le dan la promoción que merecen o no, debería al menos incentivar a los responsables de Recursos Humanos a alzar la voz, a considerar y ejecutar cambios en las empresas a las que pertenecen, sino, perdón, ¿para qué están? Cualquier otra variante de esto, es sencillamente nómina. Tema sin duda para otra reflexión.

Pero sigamos con los datos. Según el Banco Mundial, al cierre del 2018, éramos 3,486 millones la población activa mundial trabajando (Organización Internacional del Trabajo, 2019) de los cuales - tomando la consulta de Gallup, sólo 453 millones de trabajadores se sienten comprometidos, respetados y valorados por sus líderes. Eso es como decir que sólo la población de Estados Unidos y Rusia juntas están comprometidas con su trabajo y se sienten respetadas y valoras; el resto del mundo, ¡NO!

¿Grave cierto?, ¿un problema a atender? Sin duda… ¿lo estamos haciendo? Algunos empezamos, pero se nos intenta callar esa voz de conciencia, que al final sólo busca el bien en otros y, por ende, en la construcción de mejores empresas, de mejores líderes, de eliminación de malos Jefes, y, por lo tanto, de una mejor vida, de gente más feliz, más plena, más exitosa y menos frustrada.

Desde mi humilde silla, me niego a borrar de mi mente al resto de los "continentes laborales" que carecen de un liderazgo que los respete, los reconozca y los valore. Y si no puedo abiertamente señalarlos, porque implicaría tal litigio legal, que seguramente me harían falta dos vidas más para obtener alguna justicia y lección para ellos, recurro a la palabra escrita. Ésta, sí ha de perdurar en el tiempo y podrá, como secreta aspiración, generar algún cambio o al menos una reacción de más conciencia y resistencia en el lector, y despertar a los espectadores.

Es muy lamentable que a pesar de los millones de personas que han sido y son afectadas por este flagelo que nos des-humaniza, las estadísticas oficiales sobre el tema son escasas, a veces no son ni comparables, no existe una metodología común y peor aún, aunque parezca no creíble, no existe una definición estadística acordada internacionalmente sobre la violencia relacionada con el trabajo. ¡Inaudito¡ y no es algo que digo yo porque si. Desafortunadamente, es la misma conclusión a la que se llega en la Conferencia Internacional sobre Estadísticas del Trabajo, celebrada en Octubre del 2013. (ILO, 2013)

De hecho, en organizaciones internacionales, sólo encontraremos información detallada sobre la violencia en estos términos: La violencia como problema de salud pública - OMS; Violencia de género, Violencia contra las mujeres, Declaración de la ONU, La violencia doméstica - UNICEF, y Accidentes de trabajo - OIT. Siendo esta última, la que más recientemente publicó un informe de 156 páginas, *Violence at Work*, indicando que en los Estados Unidos alrededor de mil personas mueren cada año en entornos laborales. El homicidio se ha convertido en la principal causa de defunciones en el lugar de trabajo para las mujeres, y en la segunda para los varones. (ILO, 2013)

Ahora bien, ¿quién está generando todo esto?, ¿cómo lo logra?, ¿qué sienten sus víctimas y cómo reaccionan?, ¿qué pueden hacer los espectadores? Si bien podría estar horas y horas conversando con ustedes sobre las diferentes conductas, características y enfoques entre líderes y jefes; quiero dirigir la atención a uno de los tipos de jefes más dañinos, perversos y nefastos que existen y desgraciadamente en demasía, el JEFE TÓXICO, responsable de cada respuesta a las preguntas anteriores.

Él es el actor principal de esta pesadilla. Un ente, que al principio de esta reflexión, pensaba podía ser de diferentes tipologías, así como existen diferentes tipos de personas tóxicas. Pero no, querido lector, la realidad es que en el proceso de reunir y analizar toda la data de entrevistas, consultas y charlas con gente afectada y mi propia experiencia, y después de años de documentación sobre el tema, resulta que no hay muchos tipos de Jefes Tóxicos, es uno sólo, pero eso sí, con mil "rostros" o tal vez ninguno, en realidad no lo sé, que intercambia a conveniencia según lo necesite. Pero no nos adelantemos. Llegaremos a eso en su momento.

Por años, he dedicado mi vida a formar, instruir y dirigir a otros, no sólo en su rol empresarial que en ese momento compartían conmigo, sino incluso en ayudarles a conocer las verdaderas motivaciones que los harían más completos, más exitosos, y por qué no, más felices; y la buena fortuna me ha permitido hacerlo en diferentes países de occidente; por lo que la duda que pudiera existir sobre una significativa influencia "cultural" como variable, se descarta.

En el proceso, he tratado de enseñar, a través del puesto jerárquico que ocupara en determinada empresa y a través de conferencias, talleres, seminarios y charlas, lo crítico y relevante que se hace conocer con quién trabajamos, qué los inspira, qué estamos haciendo para reconocer y apreciar su persona y su trabajo. Cómo podemos hacer para que su bienestar se traduzca, al final, en bienestar empresarial; y es en ese tiempo que se han cruzado algunas docenas de personas victimas de los jefes tóxicos. Por ellos, para ellos, para los que viven esta situación día a día, para los espectadores y para la generación millenial, nuestra esperanza, va dedicado este libro.

Ante todo, y por respeto al lector, tengo que aclarar que no soy psicólogo, ni psiquiatra graduado, aunque sí me documento y mucho sobre el tema pues ayuda a entender algunos por qué y valida lo observado. Lo único que justifica cada palabra en este escrito, es la realidad misma. Después de treinta años como empleada, más de una docena de jefes, varias empresas y algunos cargos en varios países, docenas de libros y muchos testimonios, mi única intención es poder aliviar el sentimiento de desamparo y generar una guía que los encamine en su solitaria actuación para con los que aún intentan sobrevivir, o bien en las empresas familiares o en el mundo corporativo, a los Jefes Tóxicos.

Un mapa de identificación de este "ente" abusivo, su perfil y qué hacer para no terminar en verdad sentado en un diván, en el mejor de los casos. No pretendo dar cátedra académica sobre el tema, para eso ya hay muchos y muy buenos especialistas. El objetivo de esta iniciativa es crear una "guía", si podemos llamarlo de esa forma, que sintetice, agrupe, exponga en forma sencilla, aunque el tema sin duda no lo es, una corrosiva realidad: el jefe tóxico, su toxicidad y qué hacer.

Se pretende, sí, aportar la posibilidad de identificación y actuación para o bien salir de la relación laboral que nos genera la anulación o saber cómo escuchar y actuar ante una víctima de un Jefe Tóxico, dejando atrás el rol de espectador. Debemos ser moralmente activos ante una realidad que golpea el bienestar de todos; es una responsabilidad, más grande que el individuo mismo.

También debo aclarar que cada ejemplo y testimonio de las víctimas que se comparte en esta guía cuenta con la aprobación y consentimiento de las mismas, pero por razones de seguridad y miedo aún, solicitan no sean expuestos sus nombres ni las empresas donde todo ocurrió o sigue ocurriendo; y espero comprendas, querido lector, que debo respetar dicha voluntad.

Y hablando de ellas, de las víctimas, dirijamos ahora nuestra atención por un momento a quienes padecen de esta relación. De todos es conocido, que existe la victimología dentro de la disciplina de la criminología, pero casi siempre amarrado a un hecho delictivo. Lo triste, es que existe un fenómeno tan antiguo como la era empresarial misma, que cada vez arrastra a más colaboradores al status de víctima, pero la atención parece estar más centrada en el victimario y su estudio, relegando el efecto que éste ha tenido sobre la víctima, los espectadores, sus familias ... la sociedad misma, a un segundo plano.

Es decir, sabemos que existen, lo hemos vivido, pero la solución que nos dan es renunciar, porque atreverse a denunciarlo o hablar abiertamente de ello puede acabar con tu sostén de vida futura y tu bolsillo; o terminar amenazado por estos "des-humanos", siendo inocente. Como solía decir Esbec, *"Los delincuentes históricos se han hecho célebres; sus víctimas han sido condenadas al anonimato"*. (Esbec, 1994)

No fue sino hasta hace poco que tomé plena conciencia de la cruda importancia que tiene hablar de este tema, en forma pública, y más si pienso en las generaciones más jóvenes o en las que aún creen que "pueden cambiar" a sus jefes. Estos jóvenes, los que hoy llamamos millennials, son los que están destinados a "liderar" este cambio. ¿Por qué? Porque representarán el 25% de la fuerza laboral mundial para el 2025 (Westermann, 2017), porque son la generación de relevo, porque son exigentes, no tienen miedo a la autoridad, y son claros y asertivos al comunicarse.

Estos jóvenes buscan líderes, figuras de dirección que consensue los objetivos a conseguir, les motive el logro de esas metas, sepan generar desafíos y apoyen a su equipo siempre que lo necesite. Como dijo Susan Sobbott, presidenta de American Express Global Commercial Payments en Nueva York. *"El exitoso negocio del futuro tendrá que tener un propósito auténtico y fomentar el bienestar de los empleados con un liderazgo apasionado y comprometido al mando". Los Millennials están buscando trabajo más allá de simplemente ganar dinero, y están dispuestos a hacer concesiones para lograr su propia definición de éxito".*

Una de las estadísticas que sobresale, según Sobbott, es que más de un tercio de los líderes millennials creen que la función actual de un CEO, de un presidente o de un dueño de empresa, será irrelevante en los próximos 10 años. ¡No entremos en pánico! Esto no quiere decir que los millennials no entienden que las empresas aún necesitan ganar dinero, hacer felices a los accionistas y tener líderes fuertes al mando. *"Lo que nos dice, es que sus líderes tendrán que adoptar enfoques diferentes a sus predecesores autocráticos."* (Westermann, 2017)

Otro aspecto importante para los líderes del milenio es comprender el impacto que sus negocios pueden tener en las personas y en la sociedad. Más de tres cuartos creen que un negocio exitoso tendrá un propósito genuino, más allá de simplemente ganar dinero, que es lo que hoy piensan los jefes actuales (76%). *"El concepto de un "propósito genuino" a menudo se interpreta erróneamente y se hace fuera de contexto"*, dice Schwabel - un milenario socio y director de investigación en Future Workplace, una firma de investigación de Recursos Humanos con sede en Nueva York dedicada a ayudar a las empresas a prepararse para el futuro lugar de trabajo: *"Una empresa no tiene que cambiar el mundo para calificar como genuina o significativa. Simplemente significa que la rutina diaria del negocio debe alinearse con algo que beneficie a otros".* (Westermann, 2017)

Eventualmente, dejaremos de hablar sobre los millennials y simplemente lo llamaremos fuerza laboral, *"y para que las empresas se preparen para esta fuerza laboral, necesitan hacer cambios ahora: reconsiderar cómo operan y no tener miedo de la reestructuración. El negocio exitoso será descentralizado, colaborativo y otorgará un valor superior al bienestar individual y al equilibrio entre la vida y el trabajo"*, afirma Rajiv Kumar, milenario director médico y presidente del Instituto Virgin Pulse, parte de Virgin Pulse, una empresa comprometida con la mejora de la salud y el bienestar de las personas a través de la tecnología móvil. (Westermann, 2017)

El reto, sin duda, será prescindir de los jefes tóxicos, crear una "cultura con valores y propósito" y armonizar dicha cultura con el liderazgo que esta maravillosa generación exigirá y materializará. Tema, sin duda, para otra profunda reflexión.

Como decía, muchos creen que pueden cambiar a los jefes tóxicos. La verdad, NO, no van a poder cambiarlos, pero sí pueden identificarlos, que, si estás leyendo esto, al menos la sospecha ya la tienes, cómo dejar de ser observador, aprender a "escuchar" a quien sufre de esta situación y cómo poder sobrevivir sin que te afecte más allá, antes de tomar el valor de ¡IRTE! Sí, ¡eso! Como leí en algún sitio, alguna vez... *"puede que no tengas control de todos los eventos que te suceden, pero sí puedes decidir NO ser reducido por ellos"*.

Así que empecemos, antes de que tu autoestima, tu valor y tu potencial sean reducidos o peor aún, tu victimización anule tu verdadero ser. Primero, porque no puedes cambiarlos; segundo, porque hemos de evitar a toda costa te hagas eco de su corrosiva personalidad y tercero, porque tenemos que evitar se formen futuros malos jefes que emulen esta conducta tóxica, cuando les toque dirigir a otros. Como alguien en algún momento dijo, *"no podemos cambiar el pasado y debemos enfrentar lo que viene, pero sólo si lo hacemos juntos, sobreviviremos"*.

ESPÉCIMEN:

EL JEFE TÓXICO

"Podrán cortar todas las flores,
pero no podrán detener la primavera."
Pablo Neruda

Empecemos por definir qué es Tóxico, para sacar de nuestra mente al resto de los mortales con los que nos relacionamos día a día. Buscando definiciones, decidí adaptar la más técnica de las definiciones empíricas, a la realidad relacional-empresarial.

Si pensamos en el sentido más literal de la palabra, tóxico es todo aquello que es perteneciente o relativo a un veneno o toxina. En este sentido, una persona tóxica es aquella que produce efectos, alteraciones o trastornos graves en el funcionamiento de otra persona. Una persona tóxica, al igual que una sustancia, se mide según su grado de toxicidad o efectividad, es decir, su capacidad para producir daño a otros, ya sea por quién es en sí mismo o por lo que produce en otros (Significados, 2015). Considerando esto, tenemos:

produce efectos, alteraciones o trastornos graves

en el funcionamiento de otra persona y

tiene capacidad de hacer daño, por quién es en sí mismo

Afecta el *funcionamiento de otra persona* ... sin ánimo de ponerme filosófica, pero recordando a un estupendo profesor de filosofía en mis tiempos universitarios, recuerdo vívidamente que nos decía: *"el ser, el ser humano, no es más que sustancia, individualidad y racionalidad. Sustancia porque subsiste en el tiempo, individuo porque es una unidad e idéntica a sí misma y racionalidad porque nuestro intelecto nos permite pensar, conocer y tener la voluntad de tomar decisiones".* Y aquí quiero detenerme. No sé para ustedes, pero para mí, esto sólo me lleva a una palabra ... libertad. Tenemos el derecho, por ser individuos, a ser libres, pero libres más allá de nuestras necesidades y de las leyes científicas. ¡Libres para decidir! De hecho, ni las necesidades más básicas están por encima de nuestra propia libertad de decidir.

Es decir, las leyes científicas nos dictan que sino ingerimos alimento en días podemos enfermar y tener graves problemas de salud, sí es cierto, la ley es correcta y acertada; pero nada puede impedir, ni la ley ni la consecuencia, que yo decida no hacerlo. A mi juicio esa es la más maravillosa de las libertades, la libertad interior. Esa que nos permite tomar decisiones sobre aquello que queremos ser o aquello que queremos hacer, y nadie nos puede privar de ella. Mantén este pensamiento querido lector, pues has de recurrir a él con frecuencia en el solitario andar por el camino hacia la libertad de los Jefes Tóxicos y para evitar que afecte tu funcionamiento como individuo.

Por quién es en sí mismo, reza la definición que acabo de señalar y acabamos de leer sobre el jefe tóxico y todo lo que no queremos saber de él, de hecho. Así que antes de empezar a asignar nombres a este espécimen, me detengo a enunciar los rasgos de algunos jefes tóxicos con los que no tuve más remedio que trabajar por un tiempo, lo que pude observar en diferentes ambientes de trabajo y por las innumerables entrevistas y charlas con quienes han sido víctimas de este personaje. El resaltar algunos de sus rasgos espero ayude a identificarlos y después pondremos nombre a esta toxicidad.

RASGOS DE TOXICIDAD EN TU JEFE

" Si quieres descubrir el verdadero carácter de una persona,
es suficiente con observar..."
Shannon L. Alder

Las personas difíciles siempre han de existir y puede que hasta nosotros también lo seamos y depende también de nuestro nivel de paciencia y de nuestro entorno. Usualmente, las personas difíciles muestran una actitud que nos enerva, pero no suele ser más que el reflejo de un mal momento.

Así que he de mencionar que no todas las personas difíciles, exigentes, negativas, o manipuladoras en algún momento, son tóxicas; ni hemos de alejarnos de ellas como si se tratase de la lepra. Lo que menciono, es que todo TÓXICO sí manifiesta estos siete rasgos:

Figura 1: Rasgos de Toxicidad en el Jefe Tóxico

NEGATIVO Y RESENTIDO

Un Jefe Tóxico es negativo y muy resentido. Suele ver el mundo desde el peor ángulo posible y no se ve capaz de conseguir lo que tienen los demás (o eso cree, aunque siempre tiene más que los demás). Si ve a alguien feliz, le resulta más fácil eliminar la felicidad que siente esa persona, convirtiéndola en su objetivo. Ver a otros sufrir y pasarlo mal le da placer, lo alimenta; porque al final, son personas tristes y atormentadas por la vida, por su vida.

Es más, no te extrañe que justo este ser negativo y resentido aparezca en ese momento de tu vida que todo te va bien, tu trabajo y tu vida personal, y empezabas a cosechar todos tus sacrificios y esfuerzos. No desistas por favor, no te bajes de ese tren de prosperidad por culpa de la presencia de este personaje. Él intentará hacerte creer que con él estarás mejor, pero cuando te tenga en su nómina, se esforzará para que creas que no estás haciendo las cosas bien o tratará de poner a otros en tu contra. Estas personas generalmente no saben cuándo parar y se alimentan del placer que les produce el tratar de frenar tu crecimiento.

Ejemplos hay muchos lastimosamente, pero recuerdo en una oportunidad, en una entrevista con una víctima del Jefe Tóxico, el episodio de un colaborador al que le llegó una estupenda oportunidad para adquirir en propiedad su primera casa, pero se quedaba corto en su presupuesto para el pago de trámites legales y bancarios y decidió pedir un adelanto sobre su nómina. El punto es que, al pedirlo, el jefe tóxico se lo negó.

Sí, la empresa, su jefe, estaba en todo su derecho a negarse; lo que no tenía derecho era a agarrar la hoja de solicitud del adelanto, arrugarla en su puño (arrugando las necesidades del otro) y decirle *"no es mi problema sino sabes manejar tus finanzas personales, no somos un banco";* y cierra con una sonrisa irónica y le pide que se retire a seguir trabajando.

Este individuo, no sólo se enfoca en producir dolor, sino que, a demás, fomenta la rivalidad y la discordia entre compañeros para que la única "amistad y lealtad" posible sea para él. Es tan negativo y resentido que incluso enfrenta a compañeros entre ellos mismos, con instrucciones tan fuera de lugar como *"dígale que piensa usted de él, de su trabajo"* pero no buscando retroalimentación positiva (siendo generosa) no, lo hace para que se enfrenten, se insulten, se agredan y lo disfruta.

A demás, se enfoca en los problemas, para accionar el castigo y ni construye, ni es parte de dar soluciones, porque así tendrá a quién "echarle la culpa" cuando las cosas no salgan como él quiere. Siempre será la víctima ante sus ojos, los tuyos y ante los demás y reforzará su pensamiento y popular frase tóxica: *"si yo no lo hago, nada sale bien. Tengo que estar pendiente de todo".*

Analizaremos algunas de sus frases tóxicas más adelante, no nos adelantemos.

Su resentimiento contra la vida, y muy seguramente está más que justificado, pero no es objetivo de este libro hablar de las razones que llevaron al Jefe Tóxico a ser como es; es oscuro y penoso, de esos que te hacen sentir si esta persona es capaz de dormir cuando el resto del mundo descansa. Al menos, creo que sus recuerdos no lo dejan en paz. Y es impactante la extraordinaria memoria que tienen para recordar a toda esa "mala gente" y "malos momentos" que le hicieron vivir. Muy buena memoria, sí, pero que mal aplicada.

CHISMOSO Y MENTIROSO

"Te lo voy a decir, pero júrame que no se lo dirás a nadie". "Sólo lo vas a saber tú, porque te tengo confianza". "Sabes que puedes confiar en mi, y sino me lo dices, entonces voy a pensar que no eres tan amig@ como dices que eres". Jamás te fíes de estas frases. El chisme destruye vidas, reputaciones, sueños y proyectos y por mucho que nos digamos *"No hago caso, mientras que yo esté tranquila conmigo misma, no me importa lo que otros piensen",* es una verdad a medias. Puede que esa sea tu actitud, y la correcta de hecho y la más sana, pero sí duele.

Sí afecta que duden de tu honestidad, de tu profesionalismo, o de cualquiera de tus valores que están siendo atacados. En una oportunidad un amigo psicólogo mencionó *"cuando alguien hace un comentario dañino sobre otra persona, en general, le agrega de su cosecha".*

Como mencioné antes, el jefe tóxico disfruta de albergar sentimientos que atenten contra la armonía del grupo y los incita a odiarse y guardarse envidia o rencor (Mal Jefe, 2017), y para ello usará la mentira y el chisme de pasillo para lograrlo. Lo más doloroso y preocupante es que miente sobre las intenciones de los comentarios hirientes, inventando excusas para justificarlos e incluso enfrentando a trabajadores entre sí.

Como el Director de Recursos Humanos (sí, ya sé, que irónico) de determinada empresa, que para asegurarse de no "promover" a una colaboradora a otra unidad de negocio dentro de la misma corporación, por ser ésta un tanto "compleja" de manejar, generó múltiples chismes y mentiras entre compañeros, hasta que finalmente el comentario llegó a la persona que tenía que tomar la decisión, y claro nunca la tomó.

Entendamos por "compleja", en este contexto, el ser un lider preocupado por el bienestar de los demás. El problema es que ese bienestar le generaba más trabajo, negociación y búsqueda de alternativas con propósito al mencionado Director de RRHH, y claro no le dejaba tiempo para su ardua labor de adulación constante con su Jefe Directo, otro super tóxico narcisista, de hecho. Pero ya hablaremos más adelante de los "cómplices" de los Jefes Tóxicos.

Es cierto que todos en algún momento hemos recurrido a la mentira o bien para obtener algo, para evitar una situación incomoda o para no hacer daño. Justamente esa es la diferencia. Los metirosos Jefes Tóxicos, sí necesitan hacer daño. O bien mienten por temor a perder, por cuidar su imagen, por dinero, por dañar la imagen de otros y hasta por costumbre.

¿Cómo los detectas? Hay abundante documentación sobre este tema, los que a mí me han funcionado y han sido fácil de recordar son los que menciona César Lozano en su libro El Lado

Fácil de la Gente Difícil: Cambia su tono de voz a uno más bajo. Tiende a explicar de más. Exagera mucho los hechos y se nota. Su lenguaje corporal es exagerado, mueve mucho las manos y suda. Su mirada va hacia todos lados, pero más a su izquierda. (Lozano, 2014)

Este personaje, que parece sacado de las anotaciones de Leymann, vive en una mentira permanente. A primera vista es muy agradable y siempre tiene alguna anécdota o historia personal divertida para que todos caigan rendidos a sus encantos y como idiotas riamos, aunque no sea para tanto. Lastimosamente, te darás cuenta, rápidamente, que exagera la realidad o la modifica a su conveniencia. Siempre he pensado que los que son patológicos, inventan en verdad una realidad paralela y la viven.

EGOÍSTA Y ENVIDIOSO

Los sueños y éxitos de otros son objeto de burla. Nadie es mejor que él, nadie lo supera y así lo hace saber. Es el mejor, el más inteligente, el más rico, el de las mejores influencias, el más bueno y el más poderoso. Las demás personas son sólo objetos que puede usar en beneficio propio. Es un egoísta y envidioso. No soporta que otra persona tenga lo que él desea, incluso aunque no desee lo mismo. Si se da cuenta que a otra persona le va bien en cualquier aspecto de su vida, le afecta tanto como si por eso él perdiera o se viera afectado.

El pobre inseguro que le dice a su asistente personal (ah si!, estos des-humanos necesitan de al menos tres, un *asistente administrativo* que le controle cada centavo que ha de descontar a empleados por llegar dos minutos tarde o tomar un café de más de sus viáticos de viaje – habiendo cerrado el negocio al que iba; un *asistente al cargo*, que haga todo lo que él no tiene ni idea de hacer o le aburre, y un *asistente personal* que usa para sus "tapaderas" de comportamientos no tan "profesionales" y para vigilar al resto) que *"para qué quiere estudiar y perder su tiempo si nunca lo va a dejar y no sirve más que para atenderlo a él, no sueñe despierto ni pierda el tiempo"*. ¡Esto, tristemente, me tocó presenciarlo!

Otra de las "demencias emocionales" del Jefe Tóxico es su insana atención a las apariencias, a lo estético. De hecho, sólo contrata jóvenes, bellos y esbeltos, pero nunca como él – o eso cree al menos. Y si se le escapa alguna contratación que no está en este estándar, automáticamente se convertirá en su víctima. ¡Puedes escribirlo!

¿Y si aparece algún rival? Uy, que se prepare. El jefe tóxico puede llegar a utilizar cualquier recurso para humillar a quien considere su rival, y eso se nota en las críticas que realiza sobre ellos. Hará comentarios negativos sobre estas personas, muchas veces, y se limitará a insinuar supuestas cualidades que en muchas ocasiones ni siquiera serán negativas desde tu propia perspectiva, (Torres A. P., 2018) aunque sin duda, buscará tu confirmación.

Dicho de otro modo, cualquier intento de hacer algo que llame la atención es interpretado como una amenaza al poder que tiene en un círculo social concreto. Por eso, siempre estará a la defensiva, interpretando todo como un ataque o una ofensa personal. Sin embargo, en el momento en el que, por cortesía, deba felicitar a alguien por haber conseguido algo meritorio, lo hará de un modo poco natural, y se le notará la sobreactuación si observas con atención. En este caso, no tiene por qué tratar de menospreciar al otro, simplemente "pasa el mal trago" esperando que aparezca otro momento propicio para atacar. (Torres A. P., 2018)

En conclusión, la envidia no es sólo desear lo que el otro es o tiene. La envidia de la que hablo, la que manifiesta el Jefe Tóxico es más ruin y depredadora aún. Es esa envidia que hace que el Jefe Tóxico desee que la víctima no tenga lo que tiene: vida personal feliz, prosperidad material y actitud de disfrute y agradecimiento frente a la vida. ¿La razón? La envidia y el egoísmo lo lleva por dentro, y suele ser más corrosiva en la relación vertical de jefe – subordinado, y no es de sorprenderse. Verse superado por un inferior debe ser siempre muy doloroso.

Los expertos en el tema señalan que las personas envidiosas tienen una pobre autoestima y tienen la creencia que de las personas valen por lo que tienen (cosas materiales, habilidades personales, aspecto físico, etc.) y no por lo que realmente son. Por eso, se comparan continuamente. Llegan a tal punto que aprovechan cualquier momento para decirte algo delante de otras personas que sabe que hará que quedes en ridículo. Y con frecuencia se burlará y te juzgará.

También señalan que este tipo de rasgos, el egoísmo y la envidia, hace que el Jefe Tóxico no sólo dé cuando quiera recibir algo a cambio, sino que es imposible que intercambie ideas, porque siempre tendrá la razón. Jamás te escuchará con atención cuando estés hablando, pero después se ofenderá o te volverá a preguntar, tiempo después, lo mismo que ya le habías dicho; porque jamás soportará un reclamo.

Recuerdo el comentario que me compartió uno de los testimonios víctimas con quien conversé y varias veces. Acababan de conocer los resultados de la última campaña digital, y el jefe tóxico no tuvo otro comentario más motivador y positivo que este: *"¿pero qué tanto le celebran a este?, puede que le esté yendo bien en su campaña, pero su vida personal es un desastre"*.

No sé, puede que esté muy equivocada, pero a veces siento que estos Jefes Tóxicos, egoístas y envidiosos, tienen alguna zona de su cerebro apagada. Sin embargo, me entra un aire fresquito el recordar un ensayo que leí, hace algún tiempo, de la Universidad Estatal de Michigan (*pido disculpas porque no puedo citar el estudio, al no recordar dónde lo leí*), que la evolución castiga a este tipo de personas porque el egoísmo y la envidia no es una condición que pueda prevalecer evolutivamente. Confiemos entonces en la naturaleza misma.

NARCISISTA
SOBERBIO, ARROGANTE Y OMNIPOTENTE

Dice un proverbio muy antiguo que si quieres conocer realmente a alguien, sólo tienes que ponerlo en una posición de poder. Pues diría que en muchos casos es así. Los aires de superioridad y la arrogancia siempre acompañan al Jefe Tóxico, y no son más que el reflejo de su constante temor a perder la autoridad y el respeto de sus subordinados, más bien debería decir temor.

Jamás olvidaré un evento corporativo, de esos que pretende unir esfuerzos, conocer las oportunidades de los equipos y afianzar estrategias comunes, donde este Jefe Toxíco (un narcisista patológico a demás) no se le ocurre otra brillante idea más que llevar a su equipo a Narnia, sí, Narnia dije - el llegar ahí pudo tomar a algunos hasta dos días – sólo para que le pudiesen ver, en su máximo esplendor, jugando ¡Golf!

Por amor del cielo, ¿pero qué clase de desconexión neural, demencia emocional y complejo indecente puede apoderarse de una persona para que haga tal despropósito? Si alguien tiene respuesta a esto, una que podamos usar para "disculpar" su insensatez, falta de respeto y burla hacia los demás, (que no sea el exorcismo), me puede escribir al correo que dejo al final, por favor.

Pero claro, cómo me puedo extrañar si sólo su vida es digna de contar, sólo se preocupa por sí mismo, por sus necesidades, su imagen y sus objetivos, y ha de ser aclamado y admirado por sus súbditos. Es tan patético este rasgo del Jefe Tóxico (y me disculpan el juicio, pero la verdad es una sola ¿cierto?) que se atormenta en exceso por cuidar la imagen que otros tengan de él, imagen de benefactor, buena persona ¡lo máximo!, el más inteligente y bello o perteneciente al más alto status social; status apropiado del cónyugue, heredado o producto de la sádica adulación a sus superiores; pero nunca ganado, eso se los aseguro.

¡Suerte la tuya que te topaste en su camino, así piensa! No es de extrañar entonces, que este tipo de personas cultive el resentimiento en su equipo de trabajo, que le seguirá a regañadientes y pero al que él, jamás le perdonará el más mínimo error (Mal Jefe, 2017). El dinero no lo gana todo, el respeto si. Y esto es algo que jamás obtendrán, ni entenderán.

Como buen arrogante, sólo puede relacionarse con personas de alto status, como dije antes. Recuerda: él es la crema de la crema, los demás, somos leche cortada. Se cree Dios, jamás comete errores y necesita toda la atención. Como señalé antes, verás en él ese patrón de grandiosidad que sólo valida su imperiosa necesidad de admiración y su falta de empatía. Y como si fuera poco, se apropia de ideas, resultados y sugerencias de otros y le servirán para su propia gloria (así es como logran mantenerse en el poder e incluso ascender).

La idea es evitar, en la medida de lo posible, que alguien de su entorno destaque mucho y muchos de estos jefes intentan que todo el mundo vea sus logros (la mayoría apropiados de otros) para, así, ganar posiciones en esa constante competición que creen que es la vida social. (Torres A. P., 2018) Pero que no te engañe, su personalidad es atrayente, sí, incluso encantadores de serpientes en un primer momento; pero es un feroz depredador.

Como buen pretencioso, el Jefe Tóxico necesita recibir un trato especial y cuando le de la gana a su distinguida realeza. No importa lo que estés haciendo, o si estás en plena reunión, cuando quiera, exigirá tu presencia, y ¡más vale que atiendas! El es el ¡JEFE! Y mandará, con sus serviles cómplices, el mensaje para que te quede bien claro. Incluso, ante un malentendido de agenda, *sus cómplices serán capaces de ir hasta en par a reclamarte la falta de respeto tuya al no presentarte a tiempo*; cuando el error de agenda fue de hecho, de una de ellas.

O el caso de un ejecutivo senior que hablaba en larga distancia con otro compañero cuando el tóxico VP de su área se compadeció de sus lacayos y los honró con su magnífica presencia al visitarlos, pero éste reclamó al jefe del que estaba hablando: *"¿por qué no se levantó de su silla para saludarme?"*. ¿De novela, cierto? Sí, pero de ¡terror!

El problema de estos narcisistas no es que se crean superiores o mejores, el verdadero horror, es que no piensan en los demás; a menos que necesiten algo de ellos, claro. Y siempre creerán que las críticas hacia su persona son por envidia, y no por su gran incapacidad de reconocer sus propios errores. ¡Si supieran que toda esa soberbia y prepotencia sólo nace de su propia inseguridad e ignorancia!

Estos Jefes Tóxicos narcisistas nos hacen sentir mal, nos menosprecian y generan la sensación de inferioridad en quienes tenemos que conhabitar con ellos. No sólo piensan que nacieron con el derecho divino de ganar siempre, sino que creen que lo merecen. Por favor, ¡debería ser obligatorio por ley, un test de personalidad y un diagnóstico psicológico para toda persona que aspire a un cargo de mando y liderazgo!

MANIPULADOR Y CONTROLADOR

Como mencioné antes, le encanta un chisme y lo genera, pero el chismoso es otro, ante él. Un gran mentiroso y hábil al hacerlo. Es de los que pueden hacerte creer su propia mentira. En su desmedido control, es incapaz de dar respiro y autonomía a sus subordinados y estará debilitando la confianza de su equipo al reafirmarles que no los considera aptos para el trabajo sin su continua supervisión. (Mal Jefe, 2017) Otra característica manipuladora, es que puede llegar a utilizar el cariño, el amor, el sexo o la amistad como moneda de cambio.

Asimismo, suele ser un gran orador, le da la vuelta a las cosas a su conveniencia con la intención de tomar el control siempre y obtener algunos beneficios o privilegios a expensas de su víctima. Y en esa oratoria utiliza la mentira de forma inteligente e incluso pueda a veces negar cosas que ha dicho, confundiéndonos; y como es una figura de poder ¿quién se va a atrever a negarlo o cuestionarlo? Al ser manipulados, se acaba minando nuestra autoestima, auto-respeto, generando inseguridades, tristeza e insatisfacción... y lo peor de todo es que muchas veces, la víctima justifica al manipulador y/o incluso se siente culpable de la situación. (Graziano, 2018)

Y hablando de justificaciones, recuerdo el caso de una cómplice que agrede verbalmente a otra compañera de trabajo porque "el jefe" dijo que debía haberse entregado el documento a las diez de la mañana; cuando la agredida bien tenía anotado que era para las cuatro de la tarde. Y tratando de sostener sus lágrimas mientras intentaba no desplomarse en el piso, atinó a ver con el rabito del ojo, al Jefe Tóxico desde su puerta y esbozando una sonrisa mientras la cerraba.

Lo doloroso, es que cuando hablé con ella, de sus labios salió esta realidad: *"perdón, pero es que ella me habla así porque el jefe tiene razón, yo me equivoqué y anoté mal; por mi culpa le faltaron al respeto"*. Honestamente, sólo sentí un puño, fuerte, muy fuerte, en la boca del estómago; e intenté seguir a su lado, serena y tranquila, mientras la escuchaba y anotaba; sabiendo que no se había equivocado. Una asistente administrativo con más de veintitrés años de experiencia con presidentes petroleros, no se equivoca en esas "anotaciones", ¿estás de acuerdo?

El Jefe Tóxico siempre usa su distorsión mental y la explotación emocional para tomar el poder y el control a expensas de su víctima. Y es muy hábil al hacerlo pues oculta sus verdaderas intenciones y comportamientos agresivos y como conoce tu vulnerabilidad, sabe qué tácticas son las más efectivas.

Un experto manipulador como este ente que no está en extinción, lamentablemente, manipula los hechos para así culpar a su víctima, levanta la voz mostrando sus emociones negativas y así logra lo que quiere de ella, sobretodo cuando obtiene una respuesta negativa. Puede incluso llegar a perder los papeles faltando al respeto, insultando o amenazando. También te presionará para que tomes una decisión antes de que estés lista. Al no responder llamadas telefónicas, mensajes de texto, o correos electrónicos, te está mostrando que él tiene el poder, de hecho, le encanta recurrir a esto. Es más, en su indolencia es de los que después muestra a otros tu mensaje, haciendo burla de ti.

De acuerdo con (Michaels, 2014) existen cinco categorías de manipulación psicológica, todas ellas dañinas, y a las que debes poner atención, pues en las fases de toxicidad que explicaré a detalle, surgirán todas, las cinco.

La negativa, que tiene como objetivo ganar superioridad haciendo que la víctima se sienta inferior, inadecuada, insegura y/o con dudas; como emitir juicios negativos persistentes y críticos, reprender públicamente, avergonzar o humillar, usar un humor hostil, utilizar el sarcasmo, dar sorpresas negativas, ejercer presión a los pares, exclusión social, ley del hielo, amenazas a la seguridad personal y chantajes relacionados con la intimidad.

La positiva, aquella utilizada para sobornar emocionalmente a la víctima para ganar favores, sacrificios y/o compromisos, como los halagos no sinceros, apelar a la vanidad y el ego, la falsa aceptación profesional, social o romántica (pero con una trampa), la falsa proximidad profesional o social, ofrecer ayuda, apoyo o recompensas, con la expectativa de «cobrar» en reciprocidad desproporcionada o prometer seguridad y protección después de habérselas quitado a la víctima (sin que se dé cuenta).

El engaño y la intriga para distorsionar la percepción de la víctima para poderla controlar de una manera más fácil. Mentir, dar excusas, culpar a la víctima por causar su propia victimización, deformar la verdad, emitir mensajes mixtos para mantener a la víctima fuera de balance, divulgar de forma estratégica o retener información privilegiada, exagerar las cosas, atenuar las circunstancias y realizar un sesgo unilateral del problema, son algunos ejemplos.

La impotencia estratégica que explota la buena voluntad de la víctima, su conciencia culpable, su sentido del deber y obligación o su instinto protector. Lo llevan a cabo al hacerse pasar por alguien débil, impotente, desvalido o mártir. Usar historias tristes para ganar simpatía, apoyo o favores. Dramatizar las dificultades para obtener un trato preferencial basado en la culpa.

La hostilidad y el abuso para dominar y controlar a la víctima a través de la agresión explícita. Ejemplos de esta manipulación van desde el bullying, hacer berrinches frenéticos, coacción, intimidación, abuso físico, abuso emocional, abuso mental, abuso sexual, abuso financiero, lavado del cerebro hasta las restricciones opresivas.

INSEGURO

Hay cámaras y espías por todos lados. Confunde lealtad con servilismo. Siempre verás que se rodea de dos o mas personas que le sirven y también de espías y a quienes les asigna tareas de "observación y seguimiento" de lo que hacen los demás, para después hacer conjeturas maliciosas, hablar de ti, exponerte y hasta enfrentarte. (Mal Jefe, 2017) Jamás dejará de asombrarme la inversión de energía en vigilar la labor de sus subalternos. Al no poder soportar el éxito ajeno, necesitan boicotear al del otro.

Es más, ¿recuerdan a la cómplice del punto anterior? Pues esa misma cómplice desdichada y sin vida propia exigió al jefe de seguridad, en nombre del Jefe Tóxico, que *¡cada vez que se moviera por la empresa, le mandara su ubicación!* ¿te imaginas? Va a la puerta principal, ¡ubicación!; va al estacionamiento, ¡ubicación!; se reúne con su equipo, ¡ubicación!; va al baño, ¡ubicación! Sino fuera por lo violento de la situación, sería un chiste.

O, ¿qué tal esto? la amonestación y "regaño" (palabras textuales) que recibieron un grupo de ejecutivos por haberse topado en un centro comercial, y saludado efusivamente y hasta con abrazos a su ex jefe y ex colaborador que había renunciado-

afortunadamente se dio cuenta a tiempo de la toxicidad del jefe y empresa.

Cuando me lo estaban contando, recuerdo pensar, pero ¿es tanta la inseguridad de estos tóxicos, que pueden llegar a sentirse amenazados por un Líder, aún cuando ya ni trabaja con ellos?, Sí, querido lector, así es. No hay nada que asuste, intimide, enferme de los nervios y exponga a un tóxico, que la sola cercanía de un Líder genuino, imagínense su presencia. Por eso, serán siempre los primeros en ser atacados, y la misma suerte correrán los que se atrevan a seguir a estos líderes.

Llegó a ser tan increíble, que uno de los tóxicos vigiló cada paso que este ex trabajador dio por el centro comercial hasta que se retiró; y una de sus cómplices envió a una nueva contratación (que no era conocida por el ex trabajador) a ¡sacarle fotos! Esto no sólo es irrespeto a la libre circulación de las personas -derecho consagrado- y a la libertad que tenemos todos de decidir a quiénes les damos nuestro afecto y a quiénes no, sino que es acoso. ¡Un acto ilegal! Por Dios, si tengo el honor de que alguno de estos cobardes, impresentables y des-humanos me esté leyendo, busquen ayuda y búsquense una vida propia. El Universo lo agradecerá.

PROMISCUO

Su lista de parejas y "amig@s con derecho" es enorme y casi siempre tendrá al menos a una dentro de sus empleados o grupo de trabajo. Como debe proteger su imagen ante el mundo exterior, lava sus trapos sucios en donde puede tener el control absoluto: la empresa.

Esta lista de amig@s con derecho, la mayoría de las veces, se convierten en sus cómplices, como veremos más adelante. Sólo contarles todas las artimañas en las que incurren daría tema para no uno, sino varios libros, pero no es ese el propósito ahora.

Lo que voy a redactar es, tal vez, uno de los testimonios más insensibles y abusivos que me ha tocado conocer en mis treinta y dos años de trabajo. Lugar: corporación. Personajes Tóxicos: Director RRHH, su jefe, la dirección corporativa y algún otro que se le escapó al espectador cuando me estaba contando su testimonio. Víctimas: todos los que osaron cuestionar. Situación: El mencionado Director de RRHH, y en serio, no tengo nada en contra de ustedes señores, pero narro un hecho y con testigos.

Bueno como iba diciendo, el Director de RRHH de esta corporación estaba casado y según narra el espectador, con una mujer quien lamentablemente llegó a padecer de una enfermedad degenerativa que mermaba mucho su calidad de vida. Mientras tanto, llega a la empresa una *"vampira"* (palabras del espectador) mucho más jóven que la esposa, y *"bella, hábil y trepadora"*. Con sus encantos y por su desmedida sed de crecer, sabía que tenía que meterse en el bolsillo al que tomaba la decisión de contratación y ascensos, sí, ese, el Director de RRHH.

El punto es que finalmente se hicieron amantes, un comportamiento descarado, que sólo el que se sabe en poder, no esconde en manifestar. Lo irónico es que estaban prohibidas las relaciones personales íntimas entre empleados de la misma firma, pero este personaje decidió actuar, como actúa un promiscuo egoísta, *"cambió la norma, dejó a su esposa en lecho de muerte y se junta con la amante"*, relata el espectador. Sobran palabras, ¿cierto?

He de decir que los especialistas señalan que esta actitud sexual con frecuencia aparece en personas que tienen baja autoestima o dificultades a la hora de establecer relaciones profundas. Pero además, la promiscuidad puede observarse dentro de algunos cuadros clínicos como el trastorno narcisista y el trastorno límite de personalidad o la fase maniaca del trastorno bipolar. (Gencheva, 2017) ¡Toda una joya de la corona sin duda! Por favor, huyeeee!

Todos estos rasgos no son una lista finita, seguramente tú has identificado otros, y de ser así, por favor, házmelo saber, (lcm@ingeniategroup.com) con el fin de poder seguir documentando a estos personajes y ayudar a otros colaboradores.

IDENTIFICACION

¿LO ETIQUETAMOS?

"Nuestra identidad es una y sólo una.
No somos otra persona aunque tenemos distintos roles"
Jordi Collel

Si nos tomamos el tiempo de revisar parte de la documentación disponible sobre gente tóxica, muchos especialistas, y no les quito la razón, han propuesto diferentes tipologías amplia y ricamente detalladas, entre las que podemos encontrar el psicópata, el narcisista, el chantajista, el manipulador, el vampiro emocional, el dependiente, y el mentiroso, como los más resaltantes.

Sin embargo, y para efectos de esta reflexión, prefiero salirme un poco de este genial aporte académico y aliviar (si es que es posible) la lectura de un tema tan doloroso, silencioso y del que parece no saldremos hasta que empecemos a denunciar, señalar y publicar a estos "humanos desprovistos de humanidad", y no centrar la atención en los tipos de, sino en el reconocimiento de sus tácticas, cómo proceder y cómo ayudar. Por eso nació esta propuesta.

Después de años de observar y documentar el comportamiento de tan especial ejemplar, el Jefe Tóxico no es más que la suma de todos los tipos antes señalados. Hábil en saber reconocer cuándo ejercer los diferentes "roles" o ponerse los diferentes "rostros", como prefiero decirle; sabe cuándo le es más conveniente ser un manipulador narcisista, o cuando tiene que recurrir a la mentira y al chantaje, o simplemente absorverte física y emocionalmente.

Por eso, y por el terrible desgaste y desasosiego que genera en sus víctimas, este personaje merece la atención especializada de profesionales de la psicología, de recursos humanos, y hasta de la ley; sin duda alguna. Y es nuestra responsabilidad contribuir en su identificación, reaccionar ante ello, denunciar su corrosiva actuación por el bien y la atención a sus víctimas, y motivar a los espectadores a actuar, escuchar y no dejarse "llevar" por la ola de contagio que estos castrantes personajes ejercen sobre otros, y el enorme daño que constituyen para la sociedad en general.

Como les decía, en mi reflexión, es sólo uno el nombre que le daré a este personaje y sus múltiples "rostros" para intimidar; y para efectos de este escrito llamaremos a este especímen el MultiTox. ¿Por qué?. Porque es multifacético y como buen agresor, sabe cuándo usar la versión de toxicidad (la de psicópata, narcisista, chantajista, manipulador, vampiro emocional, dependiente, y/o mentiroso) que más le conviene según la víctima, según la fase en la que se encuentre y según la circunstancia.

De hecho, te invito a que busques documentación sobre la tipología de las personas tóxicas que mencioné al inicio de esta sección, y verás que una vez has tenido más de un caso, o has vivido más de uno, te resultará imposible decidir cuál de todos es, porque un verdadero MultiTox manifiesta todas esas tipologías; de ahí el daño que produce.

Habiendo leído hasta ahora, no es de sorprender que tantos especialistas en el tema señalen que la gente no deja a las empresas, sino renuncia a sus jefes. Es decir, la principal causa de renuncia se debe a estos "malos" jefes o MultiTox y el impacto de su presencia, afecta la productividad, estanca y deteriora el desarrollo profesional de los trabajadores, genera pérdida de talentos y aumenta el riesgo del efecto "ola de contagio" tan grave, que impacta no sólo a espectadores, sino a todos los que cohabitan este ambiente; logrando que se emulen estas conductas, produciendo una sociedad quebrada, indolente, egoísta y castradora.

Sin embargo, hay señales que puedes observar antes de ser atrapado por su "embrujo". Una de las primeras observaciones que has de hacer, si estás en proceso de selección o si ya estás dentro de la empresa, es la presencia de una alta rotación de personal (+30%), el desconocimiento de la estructura y organigrama, incluso la inexistencia o el irrespeto a las descripciones de cargo vigentes (si es que existen) y la ambigüedad de cargos vs funciones. Todo es un alerta de que el "MultiTox" cohabita el mismo espacio, generando una cultura de trabajo a su imagen y semejanza.

Otro de los aspectos que puede ayudar a identificar la gerencia del MultiTox, es que actúa desde el microdetalle y la microgerencia, al punto de agotar a los colaboradores. Todo tiene que ser como él diga. Incluso se justificará con el *"soy el dueño, punto"* o *"soy el VP, punto"*. También suele ser el típico jefe numérico, ese que analiza muy bien los números pero ni idea de qué hacer con los humanos. Llegó a esa posición sin talento o liderazgo porque es un gran oportunista, recuerda; o simplemente lo heredó. Es, también, adicto al trabajo – o tal vez no lo soportan en su casa - y exige que estés disponible a cualquier hora, cualquier día.

Es de los que lidera por imposición y controla la comunicación e interacción entre los miembros del equipo. Sin embargo, una de las razones por la que aún existen es porque o bien son los dueños, en el caso de empresas familiares, o porque son muy hábiles tanto en las relaciones con sus superiores, como en dar los resultados que se les pide, en el caso de las corporaciones.

Un buen departamento de RRHH, y no de nómina, observaría si los valores de la empresa están alineados a la "forma" de obtener dichos resultados. Independientemente y como dijo Federico Muttoni, Director de Advice, los resultados no son sostenibles cuando de por medio existe un mando tóxico. *"Se resienten los resultados, se pierde confianza, y los negocios sufren. Excepcionalmente, cuando un líder tóxico consigue resultados, en general son de corto plazo"*, aclaró.

¿CÓMO LO LOGRA?

TÁCTICAS DE UN JEFE TÓXICO

*"El argumento de la intimidación
es una confesión de impotencia intelectual"*
Ayn Rand

Mencionaba antes, en la definición de tóxico, que la toxicidad produce efectos, alteraciones o trastornos graves en el funcionamiento de otra persona. Ahora bien, ¿cómo lo lleva a cabo?, ¿qué tácticas realiza para lograr dichos efectos?, ¿cuál es ese sistema que desarrolla para obtener el objetivo de mantenerte intimidado?

La finalidad de una persona tóxica en general, y más aún un jefe (con el poder que cree tener, y algunos lo tienen) es intimidar, reducir, aplanar, amedrentar y consumir emocional e intelectualmente a la víctima, con la intención de eliminarla de la organización o de satisfacer la necesidad insaciable de controlar, agredir y destruir. (Piñuel & Zabala, 2001) Son de carácter tozudo, obstinado y de un autoritarismo rígido y con este comportamiento logra enviar el mensaje al resto de la plantilla. ¡¡Él manda!! Las tácticas que suele emplear son, entre otras:

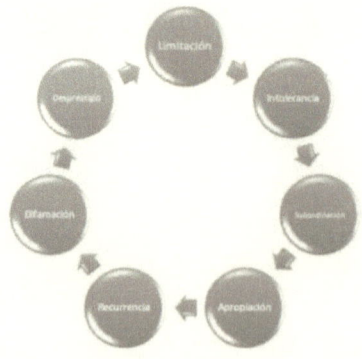

Figura 2: Tácticas del Jefe Tóxico

La limitación a la comunicación y al contacto social, del que hablaremos en detalle más adelante.

La intolerancia en los demás al hacer las cosas diferentes a la de él. No tolera los puntos de vista distintos ni la discrepancia,

La intolerancia al estrés al que se ve sometido, con lo que ejerce la misma presión que siente sobre los demás. Estrés que él mismo genera por la poca o nula planificación y si alguien la hizo, la irrespetará a su placer. Nada está por encima de él y todos han de cambiar cualquier planificación existente al capricho de su "intelecto".

El aprovechamiento del vínculo de la subordinación que les permite esclavizar al otro *(Leymann, 1996)*. El tóxico suele apegarse a los detalles a menudo en detrimento del resultado final. Tiene que haber responsables y ser castigados.

El apropiarse de los éxitos de otros. Si sabe de una buena idea de otro, la tomará para él. Se promociona como el gran pensador, como la figura más importante y necesaria sin tomar en cuenta a quienes lo ayudaron a surgir. Pero si sale mal, ¡será tu culpa!

La recurrencia a la negatividad y a los gritos. Este ambiente produce estancamiento y paralización, sin duda. Nadie se atreve a dar un paso sin su aprobación, lo que al final afectará la productividad de la empresa, sin mencionar los daños en la salud del equipo. *(Leymann, 1996)* El ambiente se torna pesado, negativo y con alto desgaste emocional y mental, caras largas y mucho cansancio. Incluso verás hasta cómo la imagen física de las personas afectadas se deteriora. Un ambiente y clima laboral que no representa ni reto, ni emoción, mucho menos satisfacción.

La generación de tensión, difamación y rumores sin base alguna. Se alimenta de los chismes. Pone al límite a todos y lo peor, es que parece que le divierte. Este "ente" insulta, pierde la estribos, es perfeccionista hasta la locura, pero nunca aporta soluciones. Su incapacidad de escuchar y su manipulación a través de sus frases tóxicas (veremos algunas más adelante) es su punto más crítico.

Y finalmente, el desprestigio ante los compañeros y terceros junto al descrédito de la capacidad laboral y profesional de sus víctimas.

¡Recuerda! un jefe tóxico necesita dominar, controlar y clasificar, quienes están de su lado, y quienes no. Una lealtad corrosiba a los que muchos caen, o por inseguridades propias o incluso por conveniencia. Como bien señaló Ayn Rand, sólo *"los impotentes intelectuales usan la intimidación para mantenerse en el poder"*.

MANIFESTACIÓN DE LA TOXICIDAD

"La basura que usted tira en el camino, no habla,
pero dice mucho de usted"
Anónimo

Como todo proceso que queremos sea exitoso, éste ha de seguir unas pautas, unas fases para que desde su inicio y con un plan de desarrollo, llegue a buen fín. En este caso, no podía ser diferente. No nos convertimos en victimas, en agredidos, si ese "alguien" no sigue un proceso que nos intimide, desgaste y controle.

Partiendo de la observación y toma de notas por años, me plateo un ciclo de toxicidad que establecen los MultiTox, con el fin de ayudar a identificar en qué fase te encuentras y veremos qué puedes hacer, aunque mi aspiración es que ni logres llegar a la primera, pero sí que hagas el ejercicio con toda honestidad para poder al menos identificar lo que estás viviendo y de ahí, decidir actuar.

Las tres fases que a continuación detallo, componen lo que llamo Manifestación de la Toxicidad. Es evidencia de las distintas fases en las que tácticamente incurre el Jefe Tóxico o MultiTox para imponerse, doblegar voluntades y gererar la intimidación que lo consolida:

Figura 3: Fases de la Manifestación de la Toxicidad

FIJACIÓN

"Desde que le pedí que se quedara,
sabía que todo estaba mal.
Porque eso de quedarse es por voluntad propia"
Quetzal Noah

Llamaremos Fijación al proceso en el que ideas, hechos, palabras y sentimientos se imponen en la mente de la víctima de un MultiTox de forma repetitiva y con independencia de la voluntad del mismo trabajador, lo que hace que sea difícil reprimirlas o evitarlas.

Por esta razón, es de vital importancia que si observas, en las primeras semanas de trabajo con este individuo, las señales que hablamos en el capítulo anterior o las conductas que ya describimos antes y las que describo a continuación, te retires. Incluso, en muchos países dan un breve tiempo (tres meses por lo general) para pasar a empleado fijo, pues bien, observa con detenimiento a esos jefes, y esperemos estén muy alejados de ser tóxicos.

Si lo son, pero en tu terquedad decides que estás exagerando, o no te lo puedes creer, o debes estar malinterpretando porque eres una persona muy sensible o corres el riesgo (crees tú) de no conseguir un mejor trabajo; entonces, sigue leyendo. Nada, léelo bien, ¡¡nada justifica que vivas esto!!! Como dijo Karen Salmansohn, *"A veces es mejor poner punto final y empezar algo nuevo, que quedarnos prisioneros con la esperanza de lo imposible"*.

Seguramente, muchas veces te has preguntado cómo alguien con tu nivel de experiencia y conocimiento pudo caer en manos de un MultiTox, o qué has hecho para merecer este castigo, de hecho es exactamente lo que la mayoría de las víctimas, que tuve el honor de conocer, se han preguntado. Si bien comprendo la inquietud, no te castigues por ello. Ya sea que hayas decidido aceptar el ingreso a esa empresa, te hayan cambiado de departamento, o simplemente, llegó el Jefe nuevo; nunca se es responsable de los actos u omisiones de otros, ¡¡NUNCA!!

Pero bueno, vayamos al grano. ¿Cómo es este proceso? Al principio, el MultiTox ejerce un magnetismo que atrapa y como buen mentiroso, manipulador y narcisista, como ya mencionamos, seguramente te envolvió con sus historias de éxito o con lo buena persona y generosa que es, por eso caíste en el embrujo.

En esta fase, te hace sentir lo afortunado que eres de estar trabajando para él. Incluso con su buen humor y trato con detalles dignos de un principe, hace gala de su mejor "rostro" carismático, encantador de serpientes y el mejor relacionista público. En esta fase, todo es sobre él, sólo sus vidas son dignas de contar y por lo tanto, necesita asentar su imagen de gran benefactor y buena persona. Te va a dejar muy claro ese patrón de grandiosidad y necesidad de admiración como mencioné anteriormente.

Como mencioné en el capítulo de los rasgos, en esta fase es donde más verás manifiesto la manipulación positiva de

Michaels, y la utilizará para sobornarte emocionalmente, para ganar favores, sacrificios y/o compromisos. Tendrá una falsa proximidad profesional o social, te ofrecerá ayuda, apoyo o recompensas, con la expectativa de «cobrar» en reciprocidad desproporcionada. Prometerá seguridad y protección, pero después te la quitará.

Otra de las conductas que observarás o padecerás, es que se victimiza. Seguramente, ya te contó cómo gente a quien él ayudo, le dieron la espalda (claro, todo el que logra salir de su hechizo, terminará siendo su enemigo; eso escríbelo), y como seguramente tú eres empático (algo de lo que él es incapaz), vas a sentir lástima, incluso agradecimiento por poder estar ahí y demostrarle lo buena persona que eres... jamás le harías algo así a tan extraordinario ser humano, ¿cierto? Si, ya caíste.

En esta fase, también se hace muy latente la impotencia estratégica de la que hablábamos en rasgos. Esa que explota tu buena voluntad, tu conciencia culpable, tu sentido del deber y obligación o tu instinto protector. El MultiTox se hará pasar por alguien débil, impotente, desvalido o mártir. Usará historias tristes para ganar simpatía, apoyo o favores. Dramatizará las dificultades para obtener un trato preferencial basado en la culpa.

Pero lo que te acabo de decir, no es lo más crítico, lo peor, es que esta fase del ciclo de toxicidad, no se acaba. Es decir, no es que sea la primera fase, y después de un tiempo pasas a la siguiente y así sucesivamente. Lo más crucial de la Fase de Fijación, es que hasta que te anule, siempre recurirá a ella para doblegarte y recordarte lo bueno que es y que la culpa es tuya.

Es más, cada ciclo se puede repetir varias veces y no seguir un orden determinado, hasta que te domine por completo. Todo va a depender del tiempo que tenga el MultiTox ejerciendo su control sobre otros, y por ende ganando "experiencia", también dependerá de su nivel de poder (cuánto más alto en la jerarquía, peor), de las víctimas cómplices que lo ayudan a perpeturase, así como de los espectadores incapaces de actuar y finalmente, dependerá de ti mismo, de tu vulnerabilidad, tu seguridad y tu asertividad. A esta repetición de la Fase de Fijación, la llamaremos Fase de Dominio, que explicaremos más adelante.

Ahora bien, ¿qué rasgos, de los anteriores mencionados, has de esperar que se manifiesten en el Jefe MultiTox en esta etapa? De hecho, unos cuantos, concretamente son seis los que más se presentan en esta fase, para jifar y anclar su intimidación en ti. Sentirás muy palpablemente su faceta egoísta, mentirosa, envidiosa, narcisista, omnipotente y pretenciosa. ¡Vuelve a leer¡ Vas a necesitar toda esa información.

En esta fase, el MultiTox es donde empieza la mentira. Mentirá al punto de inventarse historias positivas sobre él mismo o inflará lo que le ocurre para aparentar ser mejor y verse bien ante otros. Necesita ser adorado y admirado. Recuerda todo lo que mencionamos en los rasgos del Jefe Tóxico.

Hablará sin cesar de sus logros y de sus hazañas buscando con ello que los demás lo admiren, cuando sólo es un pobre ser inseguro que busca la aprobación de los demás. Y para suplir su inseguridad necesita de la aprobación de otros, por lo que si se encuentra con que otra persona tiene algo que él no posee, el MultiTox tendrá la necesidad imperiosa de conseguir aquello que envidia, o la anulará.

Así que recuerda, en esta fase observarás frecuentemente las tácticas que mencioné en el capítulo anterior y la recurrencia de éstas:

No mostrará empatía, o al menos no se la verás fácilmente

Ni es consciente ni considera, ni siquiera piensa en el daño que está causando. Y si por alguna extraña alineación astrológica, llegara a sentir algo, sería placer. El placer que hablamos antes, el de ver a otros mal y en dolor. Sólo se preocupa de lo que él siente o necesite. Es sólo una hipóstesis, pero a veces creo que el placer que sienten es porque piensan o quieren pensar que al estar el otro en "dolor" pronto regresará a él a pedir de su magnánime ayuda. No sé, digo, es sólo una hipótesis.

"Él, es el centro de toda conversación y siempre tiene la razón"

Siempre habla, pero no escucha. Tiene mucho que decir de lo que ha conseguido, y poco tiempo para escucharte a ti. Incluso su lenguaje corporal cambia. Cuando sea sobre él, mirará a los ojos. Cuando a ti se te ocurra participar de la conversación, susojos verán el celular, su block de notas, su taza de café, o llamará a su asistente.

No tiene la mínima consideración en hacerte sentir que la de él, es la única opinión importante. No escucha ni razones, ni argumentos, mucho menos tus historias. No soporta la contradicción o que le lleves la contraria.

Te contará desde que es invitado por las más altas celebridades del país hasta de las múltiples negociaciones o empresas que ha logrado coleccionar. Suele tener la necesidad de ser visto y reconocido, de que le presten atención.

Sin importar lo que estés haciendo y con un total irrespeto hacia tu espacio, tiempo y agenda, siempre estará llamándote a "reuniones", de las que saldrás preguntándote, ¿para esto me llamó? ¿en realidad para qué me contrató, si al final todo tiene que ser como él quiere? No necesita un cerebro pensante, recuerda eso; sólo necesita a una marioneta para manejar y doblar a su antojo; y como siempre pide favores, se aprovechará siempre de tu buena voluntad, al principio, después, del miedo.

Una "jarrón vacío" de vida familiar

A pesar de que hablen mucho de ellos mismos, sus palabras suelen estar vacías, plagadas de mentiras y de historias de otras personas. Su vida familiar es un desastre, un "teatro" para cumplir la norma social, ni tampoco disfruta de amistades honestas y sanas. (Agresiones, 2018) Si tienen cónyugue, éste sera sólo un objeto decorativo en su entramada vida social. Si tiene hijos, estos serán por lo general, solitarios, malcriados e imitarán la forma más oscura de su progenitor tóxico, sobretodo si están en la adolescencia - juventud.

Siempre piensa que estamos en conflicto y agresión hacia él y espera lo peor de nosotros. Ni te dejará hablar, y mucho menos va a creerte cuando intentes, ingenuamente he de decir, explicar alguna situación que para nada es como él la describe. En realidad, su "rabo de paja" lo inquieta, no lo deja vivir en paz; por eso los demás sólo lo reflejan a él mismo.

Necesidad de sentirse diferente

Los Jefes Tóxicos suelen crearse una reputación y una identidad particular en el grupo de iguales que les rodea; pretenden ser diferentes y rechazan todo aquello que no es igual o similar a la imagen que han creado. (Agresiones, 2018)

Tanto así, que repiten constantemente lo extraordinarios que son, y se aseguran que todo el mundo lo "babosee" si es que ese "mundo" pretende acercarse a él o disfrutar de su "irrepetible" compañía.

No son capaces de emocionarse o reaccionar con afecto ante los estímulos diarios; por el contrario, persiguen constantemente nuevas vivencias y sensaciones que muchas veces logran únicamente cuando crean su propio "espectáculo". (Agresiones, 2018) Son como ese colorido jarrón de plástico, que ni sabes quien te lo regaló o como paró en tu casa - mucho menos por qué sigue ahí - pero que debes llenar con algo. Por mucho que le pones flores, ramas o cualquier otro artilugio desfachatado, nada consigue que el bendito jarrón se vea real, como si su contenido le perteneciera. Pues bien, así es con este ser, nada de lo que se le ocurra vivir para llenar su vacío emocional logrará llenar el colorido jarrón plástico de su humanidad.

Ahora bien, vamos a suponer que lograste no sólo identificar a tu superior como un MultiTox, sino que te armas de valor y ahora la pregunta es ¿Qué puedes hacer? ¿cómo hacer RESISTENCIA mientras valoras otras opciones laborales?

La resistencia no es más que la capacidad de aguantar y tolerar o la capacidad de oponerse. Según la disciplina en la que se use el término, se aplicará la definición. (Concepto de Resistencia., 2019) Para efectos de lo que expongo, nos referimos a resistencia a la capacidad de oponerse; y éstas son algunas de las acciones que planteo y otras también señalados tanto de (Bradberry, 2017) como de (Rengifo, 2017) y podrías poner en práctica:

Tan pronto estés instalada, y si es posible, durante el proceso de selección y entrevista, *obtén información* sobre los aspectos antes mencionados:

- presencia de una alta rotación de personal (+30%),
- desconocimiento de la estructura y organigrama,
- inexistencia o irrespeto a las descripciones de cargo vigentes (si es que existen)
- ambigüedad de cargos vs funciones y
- número de personas que han ocupado tu cargo/posición en los últimos dos años

Si hubo una agresión verbal o comentario fuera de lugar, o en el tono inadecuado, *sé clara, directa y como decimos "sin pelos en la lengua"*. Con respeto y sin alzar la voz, hazle saber que o sus palabras o su tono están fuera de lugar. Pones tu mejor mirada de desaprobación y te vas. Expresarlo no sólo ayuda a evitar que el Jefe Tóxico se apropie de ti, sino que alivia la carga, las emociones negativas y te fortalece.

No aceptes invitaciones a reuniones y comidas fuera de la oficina. Evita el "acercamiento" personal. Al tener un mayor contacto, es más fácil que seas más afectada, porque contará con información clave para hacerlo. Mantén el *mínimo contacto posible* en oficina. Ocúpate de tu trabajo, sal a campo, entrena a otros, etcétera.

Evita hablar de ti mismo, de tu vida personal. De hecho, cuanto menos hables, mejor. Cuanta más información disponga el MultiTox de ti, más herramientas tendrá para utilizar en las manipulaciones y conoce dónde puede tocar, emocionalmente hablando, para tener un mayor efecto. Además, la confianza que suele haber en una relación cercana hace más difícil poder enfrentarlos y el poder de su "embrujo" sea mayor.

No caigas en provocaciones y *evita conflictos* en el trabajo. No alimentes la polémica. Apóyate con tu equipo para desarrollar un trabajo de calidad.

Observa si *existen otras "victimas"*, incluso cómplices. Anota su comportamiento "extraño" y la frecuencia del mismo. Incluso sus reacciones.

Diferencia las peticiones de las exigencias. Si sientes miedo por decir que no a algo que te pide, es muy probable que sea una exigencia.

Defiende tus límites. Como es un ataque y ridiculización lo que recibirás del jefe tóxico, no tienes que defenderte de eso, sino dejarle claro cuáles son tus límites. Nunca a la defensiva, sino en forma calmada y firme, exponerle a qué no estás dispuesto. Los jefes tóxicos buscan enfrentarse contigo, por eso reaccionar o ponerte a la defensiva no sirve. Debes marcar tus límites y hacerle ver que has detectado su manera de actuar, y dejarle claro que no participarás en ese juego.

Toma *consciencia de tus emociones* porque no podrás detener a quien te esté sacando de tus casillas si no eres capaz de reconocer cuándo está sucediendo. A veces, te verás en situaciones en las que necesitarás poner la mente en orden y elegir la mejor vía posible y está bien que lo hagas, no tengas miedo a tomarte el tiempo que necesites para ello. Cuando te encuentres en una situación de tensión, a veces es mejor sonreír y asentir. Si quieres hacerle entrar en razón, primero tómate tu tiempo para pensar cuál es la mejor forma de hacerlo. (Bradberry, 2017)

Lleva *registro y respaldo* escrito de todo lo relacionado con él. Es decir, si vas a una reunión, toma nota de todo y después envias un correo a su divinidad resumiendo lo acordado. Ten siempre copia de todo. Nunca sabes cuándo lo vas a necesitar. Y lee hasta la letra más pequeña de todo cuanto firmes con él, o relacionado a él, o a su área.

Asumamos, entonces, y sólo como ejercicio, que estás en la fase de fijación y aún estás esperando que surja "algo" en el campo laboral que te encuentras, o estás en proceso de entrevistas y "necesitas" esperar, ¡otra vez!. ¿Qué puede ocurrir ahora, cuáles serán los siguientes movimientos de un MultiTox? ¿Qué conductas vas a observar? Y lo más importante, ¿qué puedes hacer? Sigue leyendo...

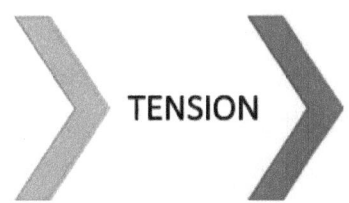

TENSION

*"Las fuerzas que escapan a tu control
pueden quitarte todo lo que posees, excepto una cosa:
tu libertad de elegir cómo vas a responder a la situación"*
Viktor E. Frankl

Si estás aquí, muy seguramente ya estás sufriendo la arremetida violenta del Jefe Tóxico y el enfrentamiento contigo misma y con él, o conoces a alguien que lo está viviendo. Es decir, estás en tensión. Llamo tensión, en la Manifestación de la Toxicidad, a ese enfrentamiento (si existiera) o a las posiciones opuestas existentes entre ambos, el MultiTox y la Víctima. La víctima se encuentra sometida a fuerzas contrarias, contrarias a ella misma, a sus valores, a su creencias, a quién es; y el jefé tóxico ejerce todo su poder sobre ella para someter esos valores y quebrar su resistencia.

En algún momento, pero casi que desde que llega y después de haber sembrado su imagen en ti (Fijación), empiezan las desconsideraciones, los rechazos, te quita autoridad, te cuestiona, te culpa e incluso delante de otros, hace saber que él lo hubiese hecho mejor, y si le hubieses consultado, todo sería un éxito.

Éstas y otra serie de conductas y actitudes empiezan a debilitar y mermar tu autoestima laboral. Sí, el jefe tóxico o MultiTox hará que empieces a dudar de tus propias capacidades, que estaban ampliamente probadas, sino ¿para qué contratarte? Todo esto es un fiel reflejo de lo que llamo Fase de Tensión.

En esta fase, todas las tácticas que ya he mencionado se intensifican, lo que produce que la relación laboral entre ambos comience a hacerse más tensa y distante en forma progresiva, si estás luchando contra este sometimiento. Empiezan a ocurrir muchos silencios y al recurrir a las tácticas mencionadas, te sientes disminuida, irrespetada, avergonzada y lo peor, incapaz de enfrentarte. El miedo llega. Y si éste vence, estarás alimentando la capacidad destructiva del MultiTox.

Con esto, el MultiTox ha logrado reducir tus capacidades defensivas y críticas. En este punto, si no reaccionas, los actos se transformarán en conductas áun más perversas. La mentira se intensificará, el descredito, la agresión verbal, incluso los gritos y la humillación y así sucesivamente, hasta que pierdas todo dominio, y al igual que las mujeres maltratadas, terminarás creyendo que lo mereces, que es tu culpa, y aparecerá la sumisión y la incapacidad de responder ante esta situación (Landrove, 1998), porque finalmente logró intimidarte.

Una vez logra limitar tu comunicación y alcance con otros (sí, jamás permitirá que otro sea más "jefe" que él), limitar tu contacto social prohibiendo casi que hables con otros compañeros y vigilar quien almuerza o toma café con quién. ¿Recuerdas las cámaras? Pues esa es una de las tantas vías que usará para enterarse.

En una oportunidad, supe de una amonestación formal que recibió ¡todo el equipo de marketing por quedarse conversando en la hora de almuerzo con el equipo administrativo! Sí, hasta decidirá quién puede reunirse o hablar con quién y si le parece que el tiempo ha sido demasiado, serán amonestados.

Lo más triste es que la razón no es por los minutos que se excedieron de la hora de almuerzo, - como si las dos o tres horas extras diarias no fueran suficiente compensación - es porque siempre piensa que todo el mundo está hablando de él o confabulando en su contra, ya sabes, por aquello del "rabo de paja".

Una vez que logra el desprestigio o al menos lo inicie ante tus compañeros, empezará a desacreditar tu capacidad laboral y profesional con todos cuanto lo escuchen. Empezará por hacerlo a "escondidas" de ti, chismeando con otros, emitiendo afirmaciones negativas tuyas buscando que sus "cómplices" (víctimas ya establecidas y/o otros MultiTox de los que hablaremos en un momento, ¡ten paciencia!) afirmen y se hagan eco para después chismear también, e incluso validar las conjeturas del proceder del depredador.

Otra de las artimañanas que suele encantarle, y lo mencioné antes, es el apropiarse de tu tiempo como si les perteneciera. ¡Qué digo tiempo, de tu vida más bien! Siempre irás al lugar que el MultiTox quiere y a la hora que quiere. Le da igual si estás en una reunión con un proveedor, o si estás ya camino a casa (y son como las 9 de la noche), o si estás en el baño, o comiendo o llevando a tu pequeño a consulta pediátrica;

siempre, siempre, y siempre, él exigirá estar primero, y en esta fase será constante. A diario, así será de abusador. Sin embargo, cuando sienta que ya no controla una reunión o una situación, le surgirán imprevistos para abandonar. Sí, cobarde también, porque todo tiene que ocurrir bajo su control.

Si estás trabajando en el mundo corporativo, será más hábil en cuidar las "formas" de hacerlo, pero lo hará, lo que hace mucho más difícil señalar a los Jefes Tóxicos y sus víctimas; y siempre buscará el amparo de otro MultiTox superior a él, para dar "validez" a sus actos ante terceros, y usará al inferior a él para mandar el mensaje. Sencillamente no se atreve, y más si eres de los que reta el status quo o eres un millenial en todas sus letras.

Si estás en una empresa familiar, entonces querido lector, las "exageraciones" y violencias verbales que sufrirás o verás ejercer en otros, harán que la peor película de horror te parezca Disney y hará que te preguntes más de una vez, ¿qué estoy haciendo aquí? ¿Mi consejo? En lo que te hagas esa pregunta, RENUNCIA.

He llegado a ver casos donde la víctima enferma emocional y físicamente. Cuadros de depresión, ansiedad, insonmio, pérdida de apetito, problemas con el sistema linfático, hormonal y hasta coronario. ¡Ah! Pero si alguien osa comentarle al MultiTox que algún colaborador está yendo a consultas porque constantemente se enferma debido al "mal ambiente" de la empresa, éste no tendrá reparo en decir *"pues mi culpa no es, pobres débiles, yo le pagaré la consulta"*. Mentiroso y por encima, ¡cínico!

Creo que vale la pena pongas mucha atención a este "silente atacante" para que puedas recuperar tu vida de vuelta. Incluso, me han reportado muchas veces que cuando salen de una reunión con el Jefe Tóxico, han llegado a sentir agotamiento emocional, sensación de vacío y desgaste psicológico. Tal vez sea porque los MultiTox transmiten un sentimiento oscuro y poco agradable, aunque a menudo son hábiles escondiendo esta faceta con una elaborada y buena primera impresión (Tácticas y Fijación, ¡recuerda!).

Hasta aquí hemos mencionado conductas, incluido algunos ejemplos y algunas consecuencias de "trabajar" con este fenómeno de la vida empresarial, pero cuáles son esos rasgos, de los que anteriormente mencionamos, que resaltan aún más en esta fase. Lamentable y dolorosamente sentirás su faceta más negativa, morbosa, chismosa, insegura, promiscua y sobretodo resaltará su faceta manipuladora y controladora. ¿Pensaste que este guion de horror se había acabado? ¿Inocentemente creías que no se podía poner peor? Mejor sigamos, antes de que decidas ponerle a esta guía, uno de esos separadores de hojas, que cuando de verdad los necesitas, nunca tienes idea dónde los pusiste.

Entonces, sí, se pone peor y mucho. En este período, el MultiTox necesita establecer un fuerte vínculo entre él y su víctima. Se han llegado a dar casos, donde en la fase de Fijación es muy espléndido, puede dar hasta préstamos personales, hacer favores, ponerte en contacto con otras empresas para mejores descuentos, cualquier cosa que haga que "le debas el favor". Y créeme te lo cobrará, y lo hará justamente en esta fase o en la de dominio. Recurirá vilmente a las emociones que ancló en ti, para que surjan ahora el miedo, la pena, la vergüenza o la culpa. Jamás aceptes ningún favor. ¡NUNCA!

Y como mencioné, recurrirá al engaño y la intriga para distorsionar tu percepción para poder controlarte de una manera más fácil. Mentir, dar excusas, culparte por causar su propia victimización, deformar la verdad, emitir mensajes mixtos para mantenerte fuera de balance, divulgar de forma estratégica o retener información privilegiada, exagerar las cosas, atenuar las circunstancias y realizar un sesgo unilateral del problema, son algunos ejemplos de sus acciones.

Te preguntaba hace un instante si pensaste que este guión de horror se había acabado. Pues no, pero con una sutil diferencia querido lector, ese guión no es producto de una mente brillante como Ed Kelleher o en sus tiempos, Alfred Hitchcock; sino de la impotencia mental y emocional del MultiTox.

La diferencia es que ante una película de horror, no puedes hacer nada más que observar o dejar de verla, pero en la vida real, siempre puedes decidir no seguir el guion, cambiarlo o eliminarlo. Desafortunadamente, el MultiTox tiene su propio "escrito", sus frases del horror más frecuentes (Pastor, 2017) para lograr su objetivo en esta fase. Lo más importante no es la frase en sí, sino el mensaje escondido, la traducción tóxica que has de dar a las mismas. Revisemos algunas:

"¿Quién te crees para hablarme así?"

Es una buena defensa del MultiTox cuando rechazas sus propuestas o reclamas respetuosamente algo que no consideras justo o correcto. En la mayoría de los casos, interpreta que le has hablado o tratado mal cuando haces o dices algo que no quiere o no quería escuchar. Y sino te lo dice él, te lo dirá, sin duda alguna, su cómplice más antigua, la más destruída de todas de hecho.

"Necesito que vengas a la reunión"

Chantaje emocional enviado directamente para hacer sentir culpa a la víctima. Con esto, el MultiTox manipula la decisión de la otra persona, la hace sentir mal y así logra su objetivo.

Otra de las razones para usar esta frase de horror es cuando no se siente seguro "intelectualmente" de poder abordar o enfrentar el tema de una reunión, o cuando le aburre el tema, te manipulará de esta forma para que tú te encargues.

Ahora bien, recuerda lo que te he repetido hasta el agotamiento: si sale bien, será su éxito; si sale mal, la culpa es tuya y no sirves para nada sin su supervisión. ¡Uff, agota sólo escribirlo!

También puede darse el caso de que el MultiTox Depredador llame a un segundo MultiTox (puede ser incluso su mano derecha) cuando deba enfrentar a un Lider que "cayó" de casualidad en su equipo y al que no puede doblegar, y necesita el refuerzo del segundo Tóxico para intimidar. ¿Beneficio del segundo Tóxico? Sacar del camino a este Lider por representar una amenaza.

"Tú eres el lider del proyecto, pero lo que estás haciendo, yo lo haría diferente y mejor"

Dicen que si en una frase hay un "pero", puedes eliminar todo lo que se ha dicho antes. Éste es un claro ejemplo. El MultiTox hará una crítica sutil para sembrar dudas en lo que haces. Suele ser una táctica utilizada para boicotear algo sobre lo que el

MultiTox tiene envidia o quiere poner en "evidencia", ante los que lo escuchen, de que él es superior.

El MultiTox disminuye el valor de lo que has conseguido para bajar tu autoestima, así te sentirá débil y lo sabe. ¿Su objetivo? Que dudes de tu trabajo. No es suficiente, siempre hay algo mejor que tú no puedes hacer, siempre hay un detalle que no es como mejor podría ser.

Así, si se repite con frecuencia, terminarás pensando que eres un mediocre sin valor, convirtiéndote en dependiente de las decisiones de los demás.

"¡No sirves para nada, todo lo tengo que hacer yo!"

Esta ocurre cuando el MultiTox te descalifica para reducir tu autoestima. Se asegurará de conocer tus debilidades para insultarte donde más te duela, dejándote en un estado de debilidad y hasta en público. Si te atreves a pararlo o explicarte, ten la seguridad que esta frase se convertirá en *"¡Aún por encima me retas, me llamas mentiroso. Puedo acabar con tu vida si quiero!"*

Así que llegados a este punto, tienes las mismas dos opciones que al principio: renunciar o aguantar hasta que consigas el próximo empleo, pero para ello debes estar muy consciente de lo que estás pasando, tener este libro en tu bolsa e ir a terapia psicológica para que refuerces tu resistencia a lo que estás viviendo.

Algunas recomendaciones de para ganar resistencia en esta fase de tensión:

Figura 4: Resistencia en la Fase de Tensión

Ayuda. Ya sea sincerando tus emociones y situación con algún compañero de trabajo, amigo, o familiar con el que te sientas cómodo y en confianza. Busca a demás, la ayuda de un psicólogo e incluso de un abogado. No estás sól@ y te sorprenderá saber la cantidad de personas que han pasado por tu situación y la cantidad de buenas opciones para superarlo.

No cedas ni una vez para evitar sentirte culpable. La emoción de culpa es una de las más inútiles, te inmoviliza, haciendo que no vivas el presente por algo que pasó en el pasado. Si cedes ante el chantaje, abrirás al MultiTox una puerta directa hasta tu cerebro que no dejará escapar.

Comunica al MultiTox en voz alta sus intenciones. Pregúntale abiertamente algo como "¿Estás intentando hacerme sentir culpable?" Esta pregunta lo *desarmará*.

Tienes que *estar atento* y reaccionar a la manera en que trata de meterse en tu cerebro y determinar tu realidad. Por ejemplo, si te llega a decir *"déjame hacer eso, sabemos que no eres buena con las finanzas"*. Traducido, lo que te está diciendo es que otras personas, no sólo él, "conoce" tus debilidades.

En ese momento, relájate, ni reacciones defensivamente, ni racionalices con emociones exageradas o fuera de tono. Podrías contestar por ejemplo: *"gracias por interesarte tanto en mi proyecto, en verdad lo aprecio"*. Te alejas y te vas sin voltear. O puedes ser directo *"¿qué es lo que realmente quieres?"*

Basta, es eso, basta: algunas veces verás cómo su faceta controladora será reforzada con menosprecio y rabia. A pesar de lo difícil que pueda parecer, los expertos en la materia aconsejan dar la cara y hablar. *"Algunas veces la gente no quiere hablar para no poner en riesgo su trabajo. Mi experiencia indica que una vez que la persona habla, encuentra que hay 10 personas más que están sufriendo la misma situación"*, comenta Stephenson. (Stephenson, 1982)

En el caso de generarse esta "tensión" con l@s cómplices del Jefe MultiTox, *sé objetivo*, firme, tajante y claro. Responde con objetividad al comentario que te hayan hecho, dejando muy clara tu posición al respecto.

Hasta ahora ha logrado fijar su intimidación y generado la dañina tensión para quebrarte. Lamentablemente, aquí no termina. El MultiTox necesita dominar la situación, dominarte a ti y a otros para mantenerse en el poder, alimentar su narcisismo y aniquilizar cualquier "debilidad" en su proceso. Justamente eso, es lo que hará ahora...DOMINAR.

DOMINIO

"Había perdido el dominio de sí mismo (...)
Su manera de moverse por la estancia me hacía pensar
en esos pollos que siguen andando
después de que los han decapitado"
Philip Roth

Esta fase hace referencia a la capacidad que dispone ese Jefe Tóxico o MultiTox para controlar a sus víctimas y por lo general, está asociado a la autoridad y es unilateral. Siempre que ocurran episodios de Tensión, el MultiTox mostrará después su faceta más depredadora, su amabilidad a través de la manipulación.

El MultiTox buscará hablar contigo para hacerte ver que la culpa es tuya, que es tu amigo y buena persona y por ende, podrías haber buscado su consejo y apoyo, haciéndote creer que eres responsable de su reacción y justificando así su tóxica conducta hacia ti. Llegado este momento, te llevó a la Fase de Fijación nuevamente. Tú terminarás creyendo, o al menos dudando y tomarás cartas en el asunto para evitar las tensiones e incluso, si habías renunciado, retirarás la renuncia.

Y volverás a la fase de tensión, y al permitir que estos ciclos se repitan una y otra vez en el tiempo, empezarás a sentir gran ansiedad, temor y angustia de volver a ser atacada, insultada, que te llamen la atención, te hagan responsable, que no sirves para nada, y temblarás como una hoja en otoño cuando escuches tu nombre. Si todo esto te es familiar y leerlo, dolió; tienes que buscar ayuda. En otras palabras, acabas de asumir que no puedes hacer nada (porque lo que piensas es en cambiarlo) y te conviertes en triste protagonista observador de tu propia realidad o deberíamos decir, ¿desdicha?

De los rasgos que anteriormente mencionamos, sentirás muy intensamente casi TODAS sus facetas, por eso, esta fase es la concluyente, la definitiva. Según la situación, usará cualquier combinación hábil de todos los rasgos: egoísta, narcisista, omnipotente, pretencioso, negativo, morboso, chismoso, inseguro, promiscuo, manipulador y controlador.

En esta fase, recurrirá mucho a la manipulación de tus emociones y actuará con frialdad e inteligencia. Seguramente, manipular es la única forma que ha aprendido para conseguir lo que quiere. Un manipulador es como un mago cuando hace desaparecer una paloma de su "mágico" sombrero. Al final, el mago te divierte, el MultiTox consigue que seas su marioneta.

Aumentará la hostilidad y el abuso para dominar y controlar a la víctima a través de la agresión explícita. Ejemplos de esta manipulación van desde el bullying, hacer berrinches frenéticos, coacción, intimidación, abuso físico, abuso emocional, abuso mental, abuso sexual, abuso financiero, lavado del cerebro hasta las restricciones opresivas.

Con toda honestidad, verifica tu respuesta a estas conductas, si la mayoría son SI; renuncia o busca ayuda profesional, y hasta legal, ¡¡¡YA!!!

Te *cuesta decir tu punto de vista* y sientes miedo al expresar que quieres hacer algo diferente.

Das prioridad más a sus prioridades o solicitudes *que a las tuyas*, aunque no te haga sentir bien hacerlo.

Suele *hacerte sentir mal* por lo que has hecho constantemente.

El *decide con quien debes relacionarte*, al menos en el trabajo. Te ves obligado a alejarte de personas que te apoyan.

No avanzas. Hay estancamiento y sientes que bloquea o dificulta tu progreso laboral o profesional.

Te sientes obligado a tomar decisiones en contra de tus valores y a contarle cosas que no quieres que sepa.

Justificas su comportamiento, te dices que lo que ha hecho es culpa tuya o de otra persona.

Vives permanentemente *en stress*. Y este punto no es menor. No le hemos dado la importancia crítica que tiene el stress. De hecho, hay numerosos estudios científicos que han demostrado que el estrés tiene un impacto negativo y duradero en el cerebro. La exposición al mismo durante pocos días puede afectar al funcionamiento del hipocampo, un área cerebral responsable de la memoria y razonamiento.

Algunas semanas de estrés puede provocar la destrucción de neuronas. Es decir, el estrés siempre tiene consecuencias a corto y largo plazo. De hecho, una investigación reciente de la Universidad Friedrich Schiller de Alemania, demostró que la exposición a estímulos que provocan emociones negativas (las que provocan la gente tóxica), provoca un estrés pronunciado en el cerebro. (Personas Tóxicas: 19 Características y Cómo Tratarlas, 2019)

¿Recuerdas el guión de frases de horror autoría del impotente intelectual que mencionamos en la fase de tensión? Pues bien, aquí te vienen otras cuantas. El "guión" que emplea el MultiTox en esta fase de toxicidad es también a través de su recurso de frases depredadoras. (Pastor, 2017) Recuerda que lo más importante no es la frase en sí, sino el mensaje escondido:

"Con lo que yo he hecho por ti ¿me haces esto?"

¡Culpa! Es es lo que busca en ti. Te recuerda algo que ha hecho por ti en el pasado (el favor del que hablamos antes, ¿recuerdas?) para que ahora te veas obligado a devolvérselo, en el mejor de los casos, lo que podría provocar que tomaras la decisión de irte; o sino, la usará para retenerte.

Te advertí antes que no le aceptes favores, ni uno.

"Está bien, pero ya es tarde"

Elimina todo el valor de lo que has hecho. El MultiTox se inventa alguna condición para que lo que has hecho no valga nada.

Sobretodo si tuviste la independencia laboral o iniciativa intelectual de hacer algo diferente y sin él estar al tanto y aprobarlo antes.

"Tú tienes la culpa de que yo haya fallado"

Evasión de responsabilidad. El MultiTox se hace la víctima para quitarse un peso de encima, desviándolo hacia ti. Jamás reconocerá que el fracaso es por él, cuando el que no te deja en paz, el que no te deja trabajar ni crear es él.

¡Que no te confunda, se está victimizando! El objetivo de esto es que al decir algo negativo sobre él, espera que tú reacciones con compasión y le levantes el ánimo.

Provocan en ti la pena y la compasión para que no te alejes de ellos y puedan seguir aprovechándose de ti, de tu buena voluntad y de tus emociones positivas. Sobretodo si te atreviste valientemente a poner la carta de renuncia o sus cómplices le han comentado que quieres renunciar.

Si eso ocurriera, ofrecerá ascensos, más sueldo y hasta sociedad. Pero en lo que te des la vuelta, dirá a otros que ese error fue por ser él demasiado bueno. Cometió el error de ofrecer todo eso porque fue débil y ahora su lengua paga el precio. *"Tengan cuidado con lo que ofrecen, dirá"*

Con esta frase, el MultiTox evita cambiar cómo es y cómo actúa. Cuando se trata de problemas, hace que la responsabilidad sea algo externo y alejado de él. *"Es que yo soy así, y no voy a cambiar"* es otra de las frases que utiliza para excusar sus actos.

"Deberías estar avergonzado"

Con sumo descaro, te está diciendo lo que debes sentir. Y no es precisamente algo positivo, sino que tienes que sentir vergüenza. El Jefe MultiTox utilizará esta frase cada vez que hayas hecho algo que no le guste. Entonces, busca la mejor manera de hacerte sentir mal para que no vuelva a repetirse ese comportamiento.

"Me has hecho mucho daño, no me lo merecía"

El Jefe MultiTox se ofende fácilmente. Usa este tipo de frases en cuanto siente que te escapas, que te alejas de su control. En el momento en el que hayas hecho algo que no le guste se sentirá dolido, hasta llorará si hace falta, no parará de repetirte el daño que le has hecho y con esto, su intención real es provocar que intentes compensar tu "error".

En una ocasión, un muy hábil MultiTox llegó a usar este teatro sólo para sembrar tal nivel de culpa en su víctima, que evitó pagar la indenmización completa y correcta que le correspondía a su víctima al retirarse. ¡Infame, sí, concuerdo contigo! Pero lo hizo.

"No eres nadie sin mí. Puedo anular tu vida"

Con una deformada autoestima, el MultiTox se cree mejor y más poderoso que los demás. Te convencerá para que creas que no puedes vivir sin él, que no podrás superar tus problemas y que lo necesitas. Para ello, utilizará tus mayores debilidades o situación difícil en tu contra. Te hará sentir que ni siquiera "fuera" conseguirás algo mejor, y si lo haces, te arrepentirás.

"Deberías haberme hecho caso"

El remordimiento. Con esta frase, el jefe MultiTox instala inseguridades sobre la decisión que su víctima ha tomado y le dirá todas las opciones que hubieran sido mejores. Con esto, sabotea tu seguridad y bienestar.

Lamentablemente, has llegado muy lejos permitiendo y siendo afectado por la toxicidad de este elemento. Pero si has leído hasta aquí, existe esperanza, la esperanza que da el saber que podemos tener ayuda, y podemos decidir no permitir más abusos y vivir en libertad y plenitud.

Y si eres un espectador que sabe que "está mal" lo que sucede, no puedes permitirte hacerte eco de este abusivo comportamiento. Al final, será sólo cuestión de tiempo el que te conviertas en víctima sino haces algo y ¡ya! Y el primer paso es reconocer la situación en la que estamos, el segundo, rechazarlo y el tercero, hacer resistencia.

"¡Ya basta de que me sigas difamando"

¿Recuerdas que te mencioné que era un resentido? Aquí va otra vez. Será el primero en decir que todo lo perdona por lo maravillosa persona que es, pero esta será una de sus frases preferidas a la hora de camuflagear el resentimiento en su alma; y todo para hacerte sentir miserable. Estas personas no son sólo dañinas para los demás, sino para sí mismos. Necesitan que los demás vivan de la misma amargura que viven ellos. Definitivamente, cuando empieces a escuchar del MultiTox estas "frases" basadas en el miedo o en el dolor, te encontrarás bajo su dominio sino reaccionas.

Te había comentado que esta fase de Dominio, recurrirá al chantaje, y de ahí que te aconsejara antes que no des información personal de ningún tipo. El MultiTox, si posee esta información, sabrá qué te duele y lo que más valoras; haciéndote vulnerable para lograr lo que desea. Es sólo un vulgar ladrón de felicidad, vélo de esa manera y con estas recomendaciones de *resistencia* puedes ayudarte a salir de su hechizo:

Figura 5: Resistencia en la Fase de Dominio

Establece límites: Los límites están muy ligados a tus valores, aquello que no es negociable para ti. Hazlos respetar, de forma clara y sencilla. Una frase como "lo siento, esto no es negociable" puede ser suficiente para atajar una situación incómoda. Y no bajes la guardia. Si terminas cediendo porque estás cansado de que te insista, sabrá que tienes un tope y nuevamente el miedo se apoderará de tu vida.

Dí NO: Si eres de los que le cuesta decir "no", entonces estás evitando el conflicto. Si actúas de esta manera la persona que te pide un favor o la que trata de que hagas alguna tarea en el trabajo que no te corresponde puede interpretar que realmente eres súper servicial y que no te cuesta. Los demás desconocen que no tengas ganas, que te parezca un problema encargarte de lo que te han pedido si no lo expresas. Di NO, sin rodeos ni justificaciones. Y no te preocupes si te sientes mal al principio, nos pasa a todos.

Usa tu *lenguaje corporal* – imagen segura: Pon la espalda recta, gesticula con las manos, mantén el contacto visual, incluso sonríe. La comunicación no verbal da mucha información sobre ti y es más creíble que la verbal. Si quieres expresar una idea o rechazar una petición, mejor hacerlo transmitiendo seguridad.

No pierdas el control, ni grites ni alces la voz: La persona que se siente segura y sabe lo que quiere, tiene argumentos, no voces. Y es capaz de hablar de forma relajada y dejar clara su postura. Gritar es sinónimo de perder el control, y ahí es cuando más vulnerable te vuelves, porque puedes tener la razón, pero perderás.

Tienes derechos, exígelos: En el trabajo, en la pareja y en el grupo de amigos. Hay derechos profesionales y derechos humanos. No conocerlos te puede llevar a confundir valores.

Puede que entiendas que ser generoso es un valor, y que ello implique sacrificar todo lo tuyo en pro de las necesidades de otras personas. Pero esto es un error. Tú tienes derecho a tener tiempo para ti, a decir que no, y a cambiar de opinión.

No siempre es fácil dejar un trabajo en el que tienes un jefe MultiTox, o romper con una pareja que te hace sentir mal cuando no haces lo que te pide o decidir dejar de salir con amigos con los que no consigues ser tú mismo. Pero siempre hay recursos que desconocemos, situaciones que podemos evitar, formas de actuar que seguro nos ayudan a controlar la situación para evitar terminar como ¡el pollo decapitado! Busca ayuda.

Evita y frena todo lo que te impide progresar: timidez, miedos, emociones en conflicto, dificultades y nuevos aprendizajes. El relacionarte con otro tipo de personas, conocer otras culturas, atreverte a practicar hobbies, viajar o mudarte son sólo algunas de las opciones que te repotenciarían y alejarían de indeseables.

Recuerda que lo más terrible cuando cohabitas en el mismo ecosistema laboral donde se manifiesta un MultiTox jamás llegarás a desarrollar tu verdadero potencial profesional; por el contrario, siempre estarás a la sombra de sus órdenes. Sencillamente ¡no lo permitas!. Estamos para ayudar a que manifiestes la mejor versión de ti mismo y a plenitud.

LA VÍCTIMA

"La libertad nunca es dada voluntariamente por el opresor;
debe ser demandada por el oprimido"
Martin Luther King, Jr.

¿Qué es ser víctima? ¿Cúando nos convertimos en una? ¿Hay rasgos o características que llamen la atención? Una víctima es una persona que sufre un daño o perjuicio por culpa de otro(s) (Definición de Víctima. Porto & Gardey, 2013) y existen diferentes tipos.

Para efectos de esta redacción, me limitaré a describir aquellos de los que puedo dar fé, como dije antes, o bien personalmente o por la observación y entrevistas con colaboradores; y de acuerdo al vínculo con el Jefe MultiTox, y en relación vertical Jefe-Víctima:

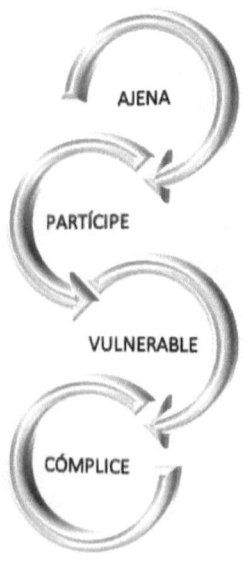

Figura 6: Tipos de Posibles Víctimas

LA AJENA

Este colaborador es totalmente inocente de la existencia misma del Jefe MultiTox. Cualquiera puede convertirse potencialmente en una víctima. Por lo general, ocurre en la circunstancia de nuevo empleo. Obviamente, desconocía la personalidad, conducta y mucho menos, no lo había observado en su día a día. Por su misma condición, son los que primero defienden el *"no puede ser", "estás exagerando", "debo estar equivocada".*

LA PARTÍCIPE

Interviene o desempeña cierto papel, bien sea de forma voluntaria o involuntaria. Colaboradores que de alguna manera omiten las precauciones o bien personas que han planeado de antemano su propia victimización para después denunciarlos y sacar provecho. Esta es la diferencia esencial con la **Cómplice**.

LA VULNERABLE

Se puede hablar de ciertos factores de predisposición que bien podrían ser de índole personal o social como la edad, raza, estado físico, estado metal y/o psíquico, preferencia sexual, status socioecómico y educativo, etcétera. Recuerdo el caso de un colaborador que tenía en su escritorio una foto de pareja, nada en particular la verdad, hasta que uno de los Jefes Tóxicos que cohabitaban en la empresa la vió. *"Debes retirar esa foto. No es la más apropiada para una empresa como la nuestra"*. La foto mostraba una pareja gay abrazados con el fondo de Estambúl. Su primer viaje de casados. Lo cínico, es que la misma empresa promueve, en sus valores, la inclusión de todos, sin distinción de preferencias sexuales.

LA CÓMPLICE

Por lo general, hay una "comunidad" de víctimas previas a ti y algunas de ellas serán cómplices del Jefe MultiTox para ayudarles en cada una de las fases de la toxicidad contigo = El efecto "ola contagio". Lo más peligroso de estas víctimas es que si establecen el rol de cómplices, estarán a la cacería de tus "errores" para "contarle" al MultiTox y después disfrutar del asedio al que serás sometido. A veces, he llegado a pensar que son capaces de disfrutarlo, no sé si porque comparan tu toxicidad con la de ellas o porque sencillamente la toxicidad llegó a niveles de masoquismo y es una forma de sentirse aliviadas, al no ser las únicas.

El punto, es que estas víctimas, que merecen toda nuestra misericordia, serán las primeras en "recordarte" lo importante, lo grandioso, lo ocupado que es y que jamás te permitirán le "faltes al respeto". Es insólito, lo sé. La primera vez que vivas esto muy posiblemente, ni podrás articular palabra en los primeros segundos, y todo porque tu cerebro intenta procesar tanto servilismo y el poder del MultiTox.

Otra de las víctimas "cómplices" o colectivas es otro MultiTox. Esta figura es sencillamente ¡p e n o s a! y muy, muy peligrosa también. Como si se retroalimentaran el uno con el otro, como si se tratase de dúos delictivos, como si se tratase de agrupación para no extinguirse, esta relación, si te toca presenciarla, es lo más dantesco, pernicioso y criminal que presenciarás en tu carrera profesional.

El MultiTox Cómplice tiene dos "rostros" en la toxicidad de tu Jefe Tóxico. Por un lado, reforzar la depredación de la víctima que el MultiTox Depredador ejerce sobre ella, y por el otro, ser testigo y catalizador en la fase de dominio, para reforzar que el MultiTox protagonista tiene la razón: el ineficiente eres tú. El beneficio del MultiTox Cómplice y el MultiTox Depredador es garantizar la existencia misma de la toxicidad permanente como método "normal y exitoso" de trabajo, la inhibición de otros a denunciar y la fortaleza y alimentación mutua de su propia existencia.

Si bien cualquier persona puede ser víctima de un Jefe MultiTox, hay algunas *características* comunes que puede ayudar a identificar si llamas la atención lo suficiente como para estar en la mira de un Jefe MultiTox:

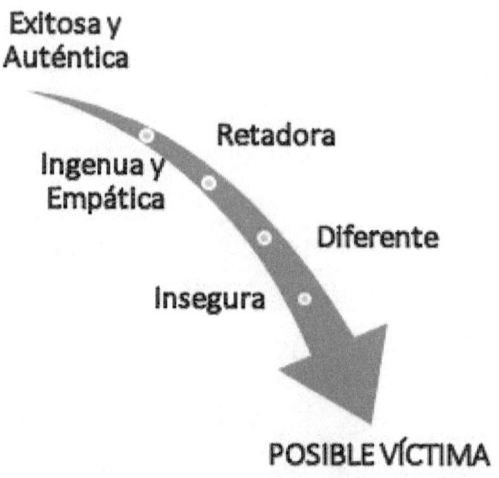

Figura 7: Rasgos de una Posible Víctima

EXITOSA Y AUTÉNTICA

Aquellas que despiertan cierto tipo de envidia en razón de sus características personales, sociales o familiares, ya sea por su éxito social, su buena fama, inteligencia, carisma y/o apariencia física. Es por lo general, una persona autónoma, independiente y con iniciativa. Es muy capaz, muy valorada, creativa, y popular. Eficiente en su trabajo, es trabajadora y persigue la autorrealización y el autoconocimiento, aunque sea a expensas de su propia comodidad. Este perfil llamará primero la atención de las cómplices, y despues o simultáneamente, la de otros MultiTox.

RETADORA

Si! Del Status Quo. Suele hacer preguntas incómodas a sus superiores, la que denuncia situaciones indignas, defiende a sus compañeros y siempre habla claro, etcétera. ¿La del ejemplo con el Director de Recursos Humanos, recuerdas? Esa misma. Estas personas tienen una mayor capacidad para detectar aspectos de la sociedad en los que la tradición y las normas asfixian de un modo innecesario el repertorio de actitudes y acciones que podemos tener (y de los que podemos disfrutar). (Torres P. r., 2019)

INGENUA Y EMPÁTICA

Presenta un exceso de ingenuidad o de buena fé y no enfrenta desde el principio a quien le intenta perjudicar. Se resiste a ver el mal en el otro y tarda demasiado en advertir la trampa en la que está cayendo. (Pereda, s.f.) Posee, a demás, una elevada sensibilidad y comprensión del sufrimiento ajeno e interés por el desarrollo y el bienestar de los demás.

DIFERENTE

Por su raza, sexo, ideología, complexión débil, obesidad, nivel socioeconómico bajo... diferente al grupo. (Pereda, s.f.) En una ocasión, una víctima llegó a relatarme cómo su jefe MultiTox, harto de que tanta gente renunciara, exigió al departamento de RRHH: *"a partir de ahora sólo quiero que me contrate gente que necesite trabajar de verdad, que necesite cada centavo, no más gente estudiada o niñas ricas".*

INSEGURA Y CON BAJA AUTOESTIMA

Las que muestran poca asertividad, mucha timidez, inseguridad y ansiedad. Por lo general, se sienten indignos de alguien tan importante, tan valioso y que lo ha logrado todo y a pesar de todo. La inseguridad no le deja ser y funciona bajo un falso pretexto, haciéndole pasar por alguien que no es. Sé que es fuerte la declaración que hago, pero sin honestidad, sin la verdad, no lograrás salir de esta situación.

También es frecuente el caso en personas inseguras que suelen pasar de víctima a aliada ante un Jefe MultiTox. Sobretodo las que terminan en la "operación colchón" como suelen decir. Si este es el caso, suelen tener más de un año y medio "sin relación con nadie", y visten, calzan y enjoyan mucho más allá de las posibilidades de su familia o de ella misma.

EFECTOS DE LA TOXICIDAD

"Cada cicatriz que tenemos,
es la confirmación de que las heridas sanan.
Las cicatrices son marcas de superación
que sólo un verdadero guerrero posee"
Anónimo

El segundo aspecto que define al jefe MultiTox, es lo que justamente producen en otros. Y como dije antes, debemos moralmente centrar más atención a la víctima, e intentar contribuir en su identificación, ayudarla en recursos de información y plantear un esquema de salida al poder escucharlas.

Es tan retorcido y doloroso ver el daño que ocasionan estos "entes" que los que hemos vivido estas situaciones e incluso como observadores, tenemos el deber moral de ayudar. Mucho más aún los que las hemos superado. Lo más importante a destacar es que las víctimas, sin importar de que tipo, lo pasan genuinamente muy mal y sufren daños morales y físicos. La situación que viven provoca altos niveles de ansiedad y una considerable tensión nerviosa, que se materializa en síntomas físicos como algunos de los que enunciaremos.

Dentro de todas las conductas que se han observado y documentado sobre los efectos corrosivos de la toxicidad de mando de una persona sobre otra, podemos enumerar algunos y he de señalar también que éstos efectos no sólo atañen a la víctima en sí, sino a su círculo de influencia, es decir, a ellos mismos, a sus familiares y a sus compañeros de trabajo.

Para efectos de esta lectura, tomo los del psicólogo Heins Leymann, quien fue de los primeros en realizar investigaciones sobre este tipo de comportamientos tóxicos en el lugar de trabajo, y basándose en algunos casos de intento de suicidio que tuvo en consulta y que sospechaba tuvieron su origen en el trabajo.

Afortunadamente hoy, este estudio alcanzó la divulgación internacional y con ello, desarrolló el Leymann Inventory of Psychological Terror (LIPT), Inventario de Leymann del Terror Psicológico – en español. Este cuestionario de 45 ítems que analiza las 45 posibles causas o formas de acoso laboral y recomiendo ampliamente su lectura.

Recopilando los efectos de la toxicidad, se señalan al menos de tres tipos: emocionales, laborales y físicos. Te invito a que busques documentación más detallada y amplia, pues los expertos, como Leymann, Piñuel y Zabala, han hecho una gran recopilación. Algunos que podemos mencionar:

EMOCIONALES

Se manifiesta la pérdida de confianza y baja autoestima, ataques de pánico, sensación intensa de miedo y angustia, acompañada por taquicardia, sudoración, náuseas, temblores etcétera. Asimismo, suelen presentarse altos niveles de ansiedad y estrés, depresión, pérdida de interés, y se deteriora el nivel social y familiar.

Por otro lado, se presenta el aislamiento. El ambiente puede lograr que la víctima se sienta confusa, menos eficiente y con un alto nivel de miedo, culpa y vergüenza, de este modo afecta no sólo el trabajo sino su comportamiento, salud mental y las relaciones interpersonales (Piñuel & Zabala, 2001).

La víctima siente desesperanza, cree no hay salida y aumenta la irritabilidad, debido a su baja frustración en acontecimientos diarios; puede tener reacciones agresivas, normalmente hacia familiares y personas cercanas. Se genera dependencia, se siente insegura, le cuesta expresar sus pensamientos y busca la aprobación de los demás constantemente. (psicologosoviedo.com, 2018)

LABORALES

Como las tareas realizadas por la víctima de un MultiTox son desvalorizadas, siempre se le encuentra errores sin justificación, son descalificadas en sus opiniones, humilladas en forma pública y amenazadas de despido, burladas por su apariencia física, discriminadas profesionalmente, maltratadas verbalmente, impuestas a realizar tareas no relacionadas con su cargo, sancionadas sin justificación, etc; en la manifestación de los efectos de esta tortura suelen aparecer los sentimientos de culpa, quiebra en el sentimiento de seguridad, bajo rendimiento y aumento de los "errores tontos" y hay falta de motivación y aspiraciones, y estancamiento laboral.

Un sentimiento negativo de que no está progresando ni aprendiendo. De hecho, no evolucionará profesionalmente. La perturbación constante, el asedio a detalles "sin sentido" de las funciones de la víctima, el tono y palabras de agresión generan tal miedo y retraimiento que anulan la capacidad de libre pensamiento, análisis, estructura y rendimiento en quienes lo padecen, apareciendo comúnmente estos "errores", así son definidos por las víctimas: Lento deterioro de la confianza en sí misma y en sus capacidades profesionales, se desvaloriza personalmente y siente culpa. Realmente cree que comete errores o incumplimientos constantes.

FÍSICAS

La víctima empieza y padece de alteraciones del sueño, hipervigilancia, fatiga crónica, pérdida o aumento de apetito, insomnio, y somatizaciones. En líneas generales, las personas agredidas viven normalmente en una situación social de aislamiento (con frecuencia no tienen ni un solo amigo entre los compañeros de trabajo). Suelen tener una conducta muy pasiva, miedo ante la violencia verbal y vulnerabilidad, al sentir que no pueden defenderse ante la intimidación.

EL ESPECTADOR ACTIVO,

DE LA INDIFERENCIA A LA ACCIÓN

"No me duelen los actos de la gente mala,
me duele la indiferencia de la gente buena..."
Martin Luther King

Seguramente, estás tan cansado como yo de escuchar la frase *"no te metas donde no te llaman"*, y seguramente quieres hacerlo ante una situación como la que hemos descrito, pero dudamos, no sabemos cómo hacerlo, hasta llegamos a pensar si en verdad la víctima quiere ayuda. Personalmente, lo que me ha ayudado a ser más intervencionista, o dejar mi rol de espectador frente a tanta maldad e injusticia no ha sido el saber si la víctima quiere la ayuda o no, si va a valorarlo o si jugará en mi contra. Es más una pregunta hacia mi persona, ¿vas a convertirte en cómplice del abuso de otros? Y la respuesta, como sé en ustedes también sería igual, ha sido siempre NO.

Ahora bien, tenemos que reconocer que no es tarea fácil. En el supuesto que logremos superar el temor que da saber que puede enterarse el MultiTox de lo que estás haciendo y terminar despedida, insultada o amenazada (y personalmente he pasado por las tres) no hay mayor satisfacción saber que o bien lograste salir de la situación, lograste alejar a esa víctima de su verdugo, o al menos tuviste la templanza y el don de escucha como para provocar que ésta buscara ayuda profesional.

Es normal que los que observan, pasen por el mismo miedo, incertidumbre e inhibición a intervenir ante situaciones de maltrato, porque al final es lo que es. O bien porque sean incluídos en las agresiones y conductas del MultiTox o bien por "perder" su trabajo; cuando en cualquier caso, terminarás siempre ganando porque te ayudarás o ayudarás a otros. Dirás ¡basta! al abuso.

Lo triste, es que sólo 3 de cada 10 víctimas es escuchada, o recibe ayuda de algún compañero y esta realidad sólo empodera aún más al MultiTox, porque el agresor necesita del silencio y la complicidad de los espectadores para continuar con su conducta. La violencia que ejercen sobre las víctimas tiene, en los espectadores, un efecto disuasorio que les impide escuchar, mucho menos denunciar, y en numerosas ocasiones llega a producirse la "ola de contagio" que hace que los espectadores se impliquen directa o indirectamente en la agresión. (Agresiones, 2018)

Sin embargo, cuanto más activos seamos, cuanto menos audiencia para el MultiTox seamos, mayor impacto positivo tendremos tanto sobre la víctima como sobre el mismo Jefe Tóxico, ya que no se sentirá más fuerte. Dar la espalda y retirarse sin más cuando una agresión ocurra, es el camino hacia la salida.

Vamos a asumir que estás decidido, que no puedes permitirte seguir siendo un espectador, y que quieres hacer algo responsablemente, al menos escuchar. Siguiendo las recomendaciones de (Marcuello, 2016) y las que recomiendo ampliamente, tenemos:

Primero, debemos *reconocer el estado* en que se encuentra dicha víctima. Seguramente la envuelven sentimientos de ansiedad, incertidumbre, miedo, y se sienten solos y desbordados por la situación. Por esta razón, debes mostrarte cercano, confiable, receptivo, facilitando la conversación, pero sobretodo, la escucha.

Trata de *establecer un clima positivo* para la conversación. Invítala a un café, a caminar, cualquier actividad, pero lejos del lugar donde día a día vive esta situación.

Busca un *lugar* que sea *privado*, o con poca gente muy cerca de ella. La idea es que no se sienta observada, y mucho menos la escuchen, siempre tendrá miedo a ser espiada, y créeme, sé de casos donde ha sido así.

Sé receptivo, que sienta que la escuchas no sólo con tus oídos, sino con ojos y corazón. Tu lenguaje corporal es crítico. Tienes que prestar atención a cada detalle. Si percibe tu receptibilidad, va a sentirse más cómoda, bajarán los niveles de ansiedad y empezará a hablar, llorar, hablar y llorar. De esta forma, podrás lograr que crea en ti.

Escucha en forma activa. Esto consiste en esforzarte por comprender lo que te está expresando, y además, que sea evidente para ella. Esto es muy importante, ya que hace posible una buena comunicación. La otra persona, en este caso la víctima, al percibir que se le escucha, se siente aceptada; creándose un clima de confianza, de tranquilidad y relajación, que favorece un estado de ánimo positivo y un intercambio más eficaz. Esta escucha activa se utiliza como técnica para transmitir empatía y que la víctima perciba que realmente entendemos la situación por la que se encuentra en ese momento.

Documéntate antes, sobre los derechos que tiene tanto como persona como trabajador. Los recursos legales que existan y ten a mano el contacto amigo y cercano de un buen abogado y un buen psicólogo.

Sintetiza y parafrasea lo que te dice y repíteselo. Es otra forma de decirle que estás presente, que la has escuchado y has estado muy atento a cada palabra. Frases como "si no lo he entendido mal", "entonces lo que pasa es que" pueden ayudarla y mucho.

Sé un *espejo emocional*. Con esto me refiero a que expreses con tus propias palabras, los sentimientos existentes en lo que te cuenta. De esta forma, sentirá que no sólo has escuchado una narración de hechos, sino que has sido capaz de identificar, reconocer y entender sus sentimientos sobre la situación.

Durante la conversación, o debería decir conversaciones, porque han de ser necesarias varias, puede ocurrir que hayan momentos donde la víctima o le cuesta hablar de algún episodio en concreto o duda de si eres confiable o vale la pena contarte. En ese caso, dos de las cosas que suelo aplicar es o bien digo o hago *algo que la distraiga*, desde llamar al mesonero y pedir algo dulce, otro café, agua, ¡cualquier cosa! O incluso *el humor*. Alguna ocurrencia que despiste y descentre para retomar la conversación y hacer que recupere el valor y la confianza de seguir hablando.

Resumiendo todo lo anterior, para poder realizar una buena acogida con la víctima, debemos participar en la conversación de manera activa, estimular a las víctimas a que expresen sus sentimientos, proporcionar información completa, valorar aquellos casos en los que sea necesaria una ayuda complementaria y, sobre todo, tratar a las víctimas con sumo respeto a su situación personal, a sus derechos y a su dignidad.

En posteriores charlas, y debes motivar que ocurran, ve preparado. ¿Recuerdas que te aconsejé llevar el contacto de un abogado y un psicólogo? Pues bien, es el momento. En mi caso, suelo llevar registro y notas de lo conversado previamente y al volver a vernos, intento reforzar los derechos que como individuo y profesional tiene y ofrezco la ayuda profesional de estos contactos. Eres un ser libre, con autonomía, sueños y anhelos; y es nuestro derecho ser tratados con dignidad, respeto y consideración. Tu vida vale la pena cada segundo... no la desperdicies.

UN PASO ADELANTE

"No tienes que sentirte culpable por eliminar
a las personas tóxicas de tu vida.
Una cosa es si la persona se esfuerza por
cambiar su comportamiento
y otra si no tiene en cuenta tus sentimientos,
ignora tus límites y
continúa tratándote de forma perjudicial.
En ese caso, debes dejarla ir"
Daniell Koepke

Siempre deberíamos tener presente este pensamiento para alejar a las personas tóxicas, ya que nos ayuda a minimizar el sentimiento de culpa que nos mantiene apegados a las relaciones dañinas. En realidad, cada persona es responsable por sus comportamientos y las consecuencias de estos, no podemos asumir cargas que no nos pertenecen.

Si alguien no quiere cambiar y pretende que nos convirtamos en su víctima, no debemos tener dudas en cortar ese vínculo emocional. De hecho, sacar a algunas personas de nuestra vida, incluyendo miembros de familia, no significa que las odiemos, tan solo que nos respetamos y aspiramos a cultivar nuestra propia paz interior.

Sea cual sea la situación bajo la que nos encontremos, cuando existe un malestar general en la organización, cuando hay una alta rotación de personal, cuando no hay buen clima laboral, cuando lo que sientes es desmotivación, frustración, irritación, desconfianza y ganas de huir, muy posiblemente nos encontramos frente a un "mundo" creado y cultivado por un Jefe Tóxico o MultiTox.

Podríamos hacer todo un relato sobre el rol de las empresas y sus departamentos de RRHH, al menos, con respecto a este tema; que sea dicho de paso, ni deberíamos, pues la lección se supone la tienen bien clara desde su formación en la universidad. Otro punto es el por qué no son garantes de evitarlo. En todo caso, has de asumir siempre la responsabilidad que tienes tú mismo sobre tu bienestar, tus sentimientos, tus acciones y tus decisiones.

Al final, siempre será sobre ti. A veces, las decisiones más importantes en la vida, se reducen a un solo momento. Momento que puede cambiar significativa y positivamente tu vida, la de tus seres queridos y la de otros compañeros de trabajo. ¡No esperes a que otros hagan la lucha o tomen la decisión por ti!

La intención de este escrito es despertar conciencia sobre la ineludible responsabilidad que tenemos como seres humanos de velar por la manifestación sana de nuestra individualidad, el compromiso moral de ayudar a otros y la conciencia colectiva de reaccionar ante los abusos, el daño a la fibra humana y la libertad de expresar nuestra creación y crecimiento profesional.

Si por un momento, querido lector, asomó por tu corazón y mente, esta posibilidad, entonces sumamos más. ¡Gracias!

Concluyo dejándoles esta reflexión de vida, inspirada por uno de los hombres más gentiles que ha dado este planeta y que espero mantenga la llama de la verdad encendida en nuestras conciencias.

*"Mucha gente, especialmente la ignorante,
desea castigarte por decir la verdad,
por ser correcto, por ser tú.
Nunca te disculpes por ser correcto,
o por estar años por delante de tu tiempo.*

*Si estás en lo cierto y lo sabes,
que hable tu razón.
Incluso si eres una minoria de uno sólo,
la verdad sigue siendo la verdad"*

Mahatma Gandhi

*Y mi razón habló
Lilian Cerdeira M*

LISTAS DE VERIFICACION

Las listas de verificación que a continuación se presentan tienen el único objetivo de enunciar las diferentes conductas que presenta o carece el MultiTox descrito en esta guía, así como los planteamientos de cada fase de la Manifestación de la Toxicidad, de las víctimas y el espectador, con el objetivo de ayudar al lector en su toma de notas, que podrá o no utilizar en su análisis y/o consultas posteriores con expertos en caso de solicitar intervención profesional.

No son instrumentos de validación oficial o académicamente corroborados ni sustituyen jamás, las herramientas, instrumentos, consultas y soporte de los especialistas en el área, ya sean psicólogos, psiquiatras, abogados o de cualquier otra disciplina.

Con el objetivo de seguir documentando este importante tema, me gustaría recibir tu retroalimentación. Si gustas puedes solitarme las listas de verificación y serán enviadas en formato digital, o puedes hacerme llegar las respuestas a las mismas, y solicitar cualquier otra información que consideres oportuna, al correo lcm@ingeniategroup.com, o si lo que necesitas es sólo conversar sobre ello.

Dicha información será tratada con el respeto que mereces y en absoluta confidencialidad, como se ha tratado esta guía. Sólo se seguirá un tratamiento académico y consultivo a fines de seguir investigando sobre el tema para poder ayudar a otros, y sólo bajo tu aprobación y consentimiento.

Demás está mencionar que las respuestas han de ser lo más precisas y honestas posibles, al final, estos instrumentos son para ti, para tu soporte; y en el caso de que tomes la sabia decisión de pedir ayuda a un especialista, te servirán mucho en la entrega de información y para el diálogo.

CONDUCTAS DEL JEFE MULTITOX

Anotaciones sobre la presencia o ausencia de las
CONDUCTAS Y CLIMA ORGANIZACIONAL

CONDUCTA	SI	Constante	Eventual	NO
El jefe es una persona humilde y gentil con todos, sin importar status, cargo, raza o apariencia				
Dedica tiempo a escuchar, a conocer a su equipo, sus individuos, y a enseñar				
Siempre está al tanto de la evolución de las realidades y motivaciones cambiantes del equipo a través del tiempo				
Actúa siempre motivado por el crecimiento de otros, de su equipo, para que puedan hacer lo que desean hacer, hacerlo bien y superar incluso, sus propias limitaciones y expectativas				
Deja saber a sus colaboradores cuán importantes, apreciados y valorados son				
Es un escucha activo: promueve y ejecuta acciones en pro de dar respuesta al bienestar emocional de sus equipos				
Hay faltas de respeto y manifiesta prepotencia				
Muestra incompetencia directiva				
¿Conoces cuál es el impacto que el negocio tiene en las personas y en la sociedad?				
Suele ver el mundo desde el peor ángulo posible. Fomenta la rivalidad y la discordia. Sólo se enfoca en los problemas, para accionar el castigo y ni construye, ni es parte de dar soluciones				
Disfruta de albergar sentimientos que atenten contra la armonía del grupo y los incita a odiarse y guardarse envidia o rencor.				
Nadie es mejor que él, nadie lo supera y así lo hace saber. Es el mejor, el más rico, el de las mejores influencias, el más bueno y el más poderoso. Hará comentarios negativos sobre otras personas, muchas veces.				
Nadie es mejor que él, nadie lo supera y así lo hace saber. Es el mejor, el más rico, el de las mejores influencias, el más bueno y el más poderoso. Hará comentarios negativos sobre otras personas, muchas veces.				
Los aires de superioridad y la arrogancia a menudo lo acompañan. Se preocupa en exceso por cuidar la imagen que otros tengan de él, imagen de benefactor, buena persona, etc				

137

Se cree Dios, jamás comete errores y necesita toda la atención. Se apropia de ideas, resultados y sugerencias de otros. Exige un trato especial. No importa lo que estés haciendo, o si estás en plena reunión, cuando le de la gana, exige tu presencia				
Es un gran mentiroso y hábil al hacerlo. Incapaz de dar respiro y autonomía a sus subordinados y debilita la confianza de su equipo. Puede llegar a utilizar el cariño, el amor, el sexo o la amistad como moneda de cambio				
Suele ser un gran orador, le da la vuelta a las cosas a su conveniencia con la intención de tomar el control siempre y obtener algunos beneficios o privilegios.				
Hay cámaras y espías por todos lados. Confunde lealtad con servilismo. Se rodea de dos o mas personas que le sirven y también de espías y a quienes les asigna tareas de "observación y seguimiento" de lo que hacen los demás				
Su lista de parejas y "amig@s con derecho" es enorme y casi tiene al menos a una dentro de sus empleados o grupo de trabajo				
La empresa presenta una alta rotación de personal (+30%) y las culpas siempre son de los que se fueron. Se destruye su imagen al irse				
No conoces o te han entregado la estructura y organigrama de la empresa. No parece un tema importante y hacen cambios constantes				
No existen descripciones de cargo vigentes y si existen no están actualizados y se irrespetan. Hay ambigüedad de cargos vs funciones. Cambios constantes				
La remuneración no pareciera estar ajustada a bandas salariales según cargo y hay discrepancia entre los mismos				
Miente sobre las intenciones de los comentarios hirientes, inventando excusas para justificarlos e incluso enfrentando a trabajadores				
Utiliza la mentira de forma inteligente e incluso pueda a veces negar cosas que ha dicho				

Figura 8: Anotaciones sobre Conductas y Clima Organizacional

TÁCTICAS DEL JEFE MULTITOX

Anotaciones sobre la presencia o ausencia de las
TÁCTICAS

CONDUCTA	SI	Constante	Eventual	NO
Existe limitación a la comunicación y al contacto social entre compañeros				
Es intolerante en los demás al hacer las cosas diferentes a la de él. No tolera los puntos de vista distintos ni la discrepancia				
Ejerce presión insana sobre los demás. Estrés que él mismo genera por la poca o nula planificación y si alguien la hizo, la irrespeta.				
Se aprovecha del vínculo de la subordinación que le permite "esclavizar" al otro.				
Se aprovecha de los éxitos de otros. Si le escucha una buena idea a otro, la toma para él, no reconoce al otro.				
Manifiesta recurrencia a la negatividad y a los gritos. Nadie se atreve a dar un paso sin su aprobación. El ambiente es pesado, negativo y con alto desgaste emocional y mental, caras largas y mucho cansancio.				
La imagen física de las personas afectadas se deteriora. Un ambiente y clima laboral que no representa ni reto, ni emoción, ni mucho menos satisfacción				
Genera tensión y rumores sin fundamento. Se alimenta de los chismes. Pone al límite a todos. Insulta, pierde la estribos y es perfeccionista extremo.				
Utiliza el desprestigio ante los compañeros y el descrédito de la capacidad laboral y profesional de otros				
Nada está por encima de él y todos han de cambiar cualquier planificación existente a su capricho.				
Suele apegarse a los detalles a menudo en detrimento del resultado final. Tiene que haber responsables y ser castigados				
Se promociona como el gran pensador, como la figura más trascendente sin tomar en cuenta a quienes lo ayudaron a surgir. Pero si sale mal, ¡es tu culpa!				

Figura 9: Anotaciones sobre las Tácticas

MANIFESTACIÓN DE LA TOXICIDAD

Anotaciones sobre la presencia o ausencia de las
CONDUCTAS EN LA FASE DE FIJACIÓN

CONDUCTA	SI	Constante	Eventual	NO
Con frecuencia te has preguntado cómo alguien con tu nivel de experiencia y conocimiento pudo caer en manos de ese Jefe o qué has hecho para merecer este castigo				
Al principio, ejerce un magnetismo que atrapa y sientes que te envolvió con sus historias de éxito o con lo buena persona y generosa que es				
Te hace sentir lo afortunada que eres de estar trabajando para él. Incluso con su buen humor y trato con detalles dignos de un principe, hace gala de su mejor "rostro" carismático, encantador de serpientes y el mejor relacionista público				
Te cuenta cómo gente a quien él ayudo, le dieron la espalda				
Sientes lástima, incluso agradecimiento por poder estar ahí y demostrarle lo buena persona que eres… jamás le harías algo malo desconsiderado a tan extraordinario ser humano				
Sientes que inventa historias positivas sobre él mismo o infla lo que le ocurre para aparentar ser mejor y verse bien ante otros. Necesita ser adorado y admirado. Habla sin cesar de sus logros y de sus hazañas				
No tiene empatía, o al menos no se la verás fácilmente. Sólo se preocupa de lo que él siente o necesite				
Constantemente requiere de tu presencia. Sin importar lo que estés haciendo, siempre te llama a "reuniones"				
Vida vacía y por lo general una "mentira" de vida familiar. Su vida familiar es un desastre, un "teatro" para cumplir la norma social, ni tampoco disfruta de amistades honestas y sanas.				
Siempre piensa que las "no víctimas" están en conflicto y agresión hacia él y espera lo peor de otros				
Suele crearse una reputación y una identidad particular en el grupo de iguales que les rodea; pretende ser diferente y rechaza todo aquello que no es igual o similar a la imagen que han creado				
No es capaz de emocionarse o reaccionar con afecto ante los estímulos diarios				

Figura 10: Anotaciones sobre la Fase de Fijación

MANIFESTACIÓN DE LA TOXICIDAD

Anotaciones sobre la presencia o ausencia de las
CONDUCTAS EN LA FASE DE TENSIÓN

CONDUCTA	SI	Constante	Eventual	NO
Sientes que te encuentras sometida a fuerzas contrarias, contrarias a ti mismo, a tus valores, a tus creencias, etcétera				
Manifestaciones de desconsideraciones, rechazos, quita autoridad, cuestiona, y culpa. Hace saber que lo hubiese hecho mejor, y si le hubieses consultado, todo sería un éxito				
La relación laboral entre ambos comienza a hacerse más tensa y distante en forma progresiva				
Empiezan a ocurrir muchos silencios y te sientes disminuido, irrespetado, avergonzado e incapaz de enfrentarte. El miedo llega				
Tus visitas al médico son más frecuentes				
No quieres levantarte para ir a trabajar				
Estás muy sensible y lloras "por todo"				
Tiene períodos espléndidos. Te ha dado o sabes de colaboradores a los que le ha dado préstamos personales, hace favores, etc				
Has escuchado con frecuencia frases como estas: *"¿Quién te crees para hablarme así?"*, *"Necesito que vengas a la reunión, debes darme soporte"*, *"Tú eres el lider del proyecto, pero lo que estás haciendo no luce bien, yo lo haría diferente y mejor"*, *"¡No sirves para nada, todo lo tengo que hacer yo!"*, *"¡Aún por encima me retas, me llamas mentiroso. Puedo acabar con tu vida si quiero!"*, *"Déjame hacer eso, sabemos que no eres buena con las finanzas"*.				
Otras frases, anota las que has escuchado, distintas a las anteriores:				

Figura 11: Anotaciones sobre la Fase de Tensión

MANIFESTACIÓN DE LA TOXICIDAD

Anotaciones sobre la presencia o ausencia de las
<u>CONDUCTAS EN LA FASE DE DOMINIO</u>

CONDUCTA	SI	Constante	Eventual	NO
Te sientes obligado a contarle cosas que no quieres que sepa				
Te cuesta decir tu punto de vista				
Sientes miedo al expresar que quieres algo diferente				
Priorizas sus deseos a los tuyos, aunque no te haga feliz hacerlo				
Te ves obligado a alejarte de personas que te apoyan				
Sientes que bloquea o dificulta tu progreso laboral o profesional				
Te sientes obligado a tomar decisiones en contra de tus valores				
Te sientes mal cada vez que haces algo que quiere				
Suele hacerte sentir mal por lo que has hecho constantemente				
Justificas su comportamiento, te dices que lo que ha hecho es culpa tuya o de otra persona				
Has escuchado con frecuencia estas frases: *"Con lo que yo he hecho por ti ¿me haces esto?"*, *"Está bien, pero ya es tarde"*, *"Tú tienes la culpa de que yo haya fallado"*, *"Tienes razón, yo también soy responsable. Fue mi culpa!"*, *"Así son las cosas, no puedo hacer nada"*, *"Deberías estar avergonzado"*, *"Me has hecho mucho daño, no me lo merecía"*, *"No eres nadie sin mí. Puedo anular tu vida si quiero"*,				
Otras frases, anota las que has escuchado, distintas a las anteriores:				

Figura 12: Anotaciones sobre la Fase de Dominio

LA VICTIMA

Anotaciones sobre la presencia o ausencia de los
SINTOMAS & EFECTOS EN LA VICTIMA

CONDUCTA	SI	Constante	Eventual	NO
Eras totalmente inocente de la existencia misma de las conductas descritas anteriormente, es decir, desconocías la personalidad, conducta y mucho menos, no lo habías observado en su día a día				
Omitiste las precauciones o bien habías planeado de antemano tu propia victimización para después denunciarlo y sacar provecho				
Sientes que perteneces a una minoría por tu edad, raza, estado físico, estado metal y/o psíquico, status socioecómico y educativo, etcétera				
Tienes el rol de máxima confianza. Estás a la cacería de "errores" en los otros colaboradores				
Despiertas cierto tipo de envidia en razón de sus características personales, sociales o familiares, ya sea por su éxito social, su buena fama, inteligencia, carisma y/o apariencia física. Eres autónoma, independiente y con iniciativa. Eficiente en tu trabajo y persigues la autorrealización y el autoconocimiento				
Sueles hacer preguntas incómodas a tus superiores, la que denuncia situaciones indignas, defiende a sus compañeros y siempre habla claro				
Presentas ingenuidad o actúas de buena fé y no enfrentas desde el principio a quien te intenta perjudicar. Te resiste a ver el mal en el otro. Posees una elevada sensibilidad y comprensión del sufrimiento ajeno e interés por el desarrollo y el bienestar de los demás				
Sientes que muestras poca asertividad, mucha timidez, inseguridad y ansiedad				
Mantienes o mantuviste una relación "muy personal con él				
Sientes que tu vida social es escasa, como de asilamiento (no tienes ni un solo amigo entre los compañeros de trabajo). Sueles tener una conducta muy pasiva, miedo ante la violencia verbal y vulnerabilidad				
Sientes pérdida de confianza y baja autoestima				
Sientes ataques de pánico, sensación intensa de miedo y angustia, acompañada por taquicardia, sudoración, náuseas, y/o temblores				

Figura 13: Síntomas & Efectos en la Víctima

EL ESPECTADOR

Anotaciones y Sugerencias para la conversación con
LA VICTIMA

INDICADOR	SI	Constante	Eventual	NO
Te repiten la frase "no te metas donde no te llaman"				
¿Vas a convertirte en cómplice del abuso de otros?				
Sientes miedo, incertidumbre e inhibición a intervenir				

Figura 14: Sobre la Víctima y La Conversación

LA CONVERSACIÓN

ACCIÓN	SUGERENCIA
Reconoce el estado emocional	Seguramente la envuelven sentimientos de ansiedad, incertidumbre, miedo, y se sienten solos y desbordados por la situación. Por esta razón, debes mostrarte cercano, confiable, receptivo, facilitando la conversación, pero sobretodo, la escucha
Establecer un clima positivo	Vayan a un café, a caminar, cualquier actividad, pero lejos del lugar donde día a día vive esta situación.
Un lugar privado	O con poca gente muy cerca de ella. La idea es que no se sienta observada, y mucho menos la escuchen, siempre tendrá miedo a ser espiada
Sé receptivo	Que sienta que la escuchas no sólo con tus oídos, sino con ojos y corazón. Tu lenguaje corporal es crítico. Tienes que prestar atención a cada detalle. Si percibe tu receptibilidad, va a sentirse más cómoda, bajarán los niveles de ansiedad y empezará a hablar, llorar, hablar y llorar. De esta forma, podrás lograr que crea en ti
Escucha en forma activa	Esfuérzate por comprender lo que te está expresando, y además, que sea evidente para ella. La otra persona al percibir que se le escucha, se siente aceptada; creándose un clima de confianza, de tranquilidad y relajación, que favorece un estado de ánimo positivo y un intercambio más eficaz.
Documéntate	Sobre los derechos que tiene tanto como persona como trabajador. Los recursos legales que existan y ten a mano el contacto amigo y cercano de un buen abogado y un buen psicólogo
Sintetiza y parafrasea	Es otra forma de decirle que estás presente, que la has escuchado y has estado muy atento a cada palabra. Frases como "si no lo he entendido mal", "entonces lo que pasa es que" pueden ayudarte y mucho
Sé un espejo emocional	Expresa con tus propias palabras, los sentimientos existentes en lo que te cuenta. De esta forma, sentirá que no sólo has escuchado una narración de hechos, sino que has sido capaz de identificar, reconocer y entender sus sentimientos sobre la situación
Cuando le cueste seguir	Bien dí o haz algo que la distraiga. Desde llamar al mesonero y pedir algo dulce, otro café, agua, etc. O incluso el humor. Alguna ocurrencia que despiste y descentre para retomar la conversación y hacer que recupere el valor y la confianza de seguir hablando

INFOGRAFÍA

LILIAN CERDEIRA

CONFERENCISTA ❋ ESCRITORA ❋ COACHER GERENCIAL ❋ RETAIL
MATRIX CONSULTANT
"LA FORTALEZA DE EVOLUCIONAR

Consultora empresarial y conferencista con más de treinta años de exitosa experiencia en marcas y retail de masstige y lujo. Ayuda a las organizaciones a mejorar su rendimiento empresarial, usa data en forma inteligente, ágil en la comprensión de las dinámicas del mercado, pensamiento estratégico, eficiencia comunicativa y manejo de grupos interdisciplinarios en la región de América Latina. Experta en Retail Management, Gestión de Cambio, Desarrollo de Talento y Learning Agility.

Creadora, Escritora, Coacher y Conferencista de programas académicos-empresariales como Manejo De Resistencias Del Consumidor, Retail Matrix – CEM (Coaching, Execution & Management), Fundamentos del Retail Marketing, Retailholic 2020, Milledera – millennials al frente de su empresa, El éxito de los que piensan diferente y actúan diferente (caso estudio Steve Jobs), Liderazgo por Competencias, Shopper Marketing, Jefes Tóxicos: MultiTox, entre otros.

Sus programas han logrado que equipos y empresas alcancen sus top rankings, ha mejorado significativamente todo el proceso retail, marketing, gestión de talento, y el turnover del personal, al lograr gerencias con propósito y bienestar, la satisfacción y lealtad de consumidores y la adecuación de estrategias retail.

También se destaca por sus certeros diagnósticos y adecuación de conferencias a cada caso en específico y bajo las necesidades puntuales del equipo y empresas.

Muchos la han descrito como...

"...Nunca aprendimos tanto como cuando estuvo a cargo..."

"...Alienta la franqueza, suaviza las tensiones y extrae soluciones innovadoras de opiniones divergentes manteniéndose enfocada en metas comunes..."

"..Crea una cultura que desarrolla talento, asegura la excelencia en el liderazgo y promueve el aprendizaje y la reflexión. También tiende a crear asociaciones más allá de las fronteras funcionales, culturales, organizacionales y globales para conectar a las personas clave que pueden ayudar a lograr metas..."

"...Toma medidas decisivas y decisiones difíciles en situaciones donde hay mucho en juego, crisis o condiciones de incertidumbre. Negocia y persuade hábilmente y da en forma proactiva las opiniones a los stakeholders, a fin de ganar apoyo para iniciativas clave del negocio.

"...Cuando lidera otras personas, logra un equilibrio entre la promoción de la autonomía y la creación de relaciones. El liderazgo social que demuestra contribuye al alto desempeño en roles que requiere influir - con autoridad jerárquica o sin ella. Una de sus fortalezas dentro de ese liderazgo es el grado en que puede influir en otras personas, motivarlas y persuadirlas...."

"Las personas cambiamos por tres razones - aprendimos demasiado, sufrimos lo suficiente o nos cansamos de lo mismo, y es en ese cansancio donde encontramos el valor para evitar el estancamiento y el temor. El miedo es el enemigo de la voluntad y la voluntad es lo único que nos permite actuar. Entramos en la era del conocimiento, y como responsable del que yo misma he generado con mis éxitos y fracasos, me debo ahora a la tarea de enseñar a otros; a generar un propósito y en libertad"... Lilian Cerdeira M

BIBLIOGRAFÍA

Agresiones, P. d. (2018). *monite.org.* Obtenido de https://monite.org/perfiles-de-los-participantes-en-las-agresiones/

Arevalillo, L. H. (2015). *Liderar para el bien común.* Lid.

Bradberry, T. C. (9 de Agosto de 2017). *huffingtonpost.es.* Obtenido de https://www.huffingtonpost.es/travis-bradberry/como-la-gente-inteligente-lidia-con-personas-toxicas_a_23054300/

Concepto de Resistencia. (2019). *Concepto.de.* Obtenido de https://concepto.de/resistencia/

Corbin, P. e. (2018). *Psicología y Mente.* Obtenido de https://psicologiaymente.com/personalidad/personas-emocionales

Definen, P. e., & A. T. (2018). *psicologíaymente.com.* Obtenido de https://psicologiaymente.com/personalidad/personas-envidiosas

Definición de Víctima. Porto, J. P., & Gardey, A. (2013). *definición.de.* Obtenido de https://definicion.de/victima

Directivos muy tóxicos, R. O. (2016). *El País.* Obtenido de https://elpais.com/economia/2016/11/15/actualidad/1479207894_560670.html

Esbec, E. (1994). Víctimas de delitos violentos. . En *Psicología Legal y Forense. Vol. II.* Madrid: Colex.

Gencheva, D. L. (8 de marzo de 2017). *esferapsicologosmadrid.com.* Obtenido https://esferapsicologosmadrid.com/blog/promiscuidad-causas-y-consecuencias/

Graziano, P. D. (2018). *Psicologia-estrategica.com.* Obtenido de https://psicologia-estrategica.com/detectar-manipulador-emocional/

Huete, L. (2015). *Liderar para el bien común*. LID.

ILO, L. e. (11 de octubre de 2013). *www.ilo.org*. Obtenido de https://www.ilo.org/wcmsp5/groups/public/---dgreports/---stat/documents/meetingdocument/wcms_230272.pdf

Landrove, G. (1998). *La moderna victimología*. Valencia: TIRANT LO BLANCH.

Leymann, H. (1996). The content develpment of mobbing at work. *Rev. Eurpean J. of Work and Organizational Psicology 2*.

Lozano, C. (2014). *El lado fácil de la gente difícil*. México. Editorial Aguilar.

Mal Jefe. (2017). *Características.co*. Obtenido de Enciclopedia de Características: https://www.caracteristicas.co/mal-jefe/

Marcuello, A. H. (2016). *www.psicología-online.com*. ¿Qué es la inteligencia emocional?, A. M. (2019). *www.aboutespanol.com*. Obtenido de https://www.aboutespanol.com/que-es-la-inteligencia-emocional-2396388

Michaels, T., (2014). How to Successfully Handle Narcissists. Clinical Psychology Review, 4, 657.

Muñoz, Ana: ¿. e. (2019). *www.aboutespanol.com*. Obtenido de https://www.aboutespanol.com/que-es-la-inteligencia-emocional-2396388

Organización Internacional del Trabajo, b. d. (2019). *Población activa, total*. Obtenido de Grupo Banco Mundial: https://datos.bancomundial.org/indicator/SL.TLF.TOTL.IN

Pastor, F. (2017). *15 Frases de gente tóxica: las palabras con las que te manipulan*. Obtenido de Gente Tóxica: https://www.gentetoxica.com/frases/

Pereda, M. (s.f.). Obtenido de Consulta de Psicología: https://www.mperedapsicologia.com/perfil-del-acosador-y-de-la-victima/

Pérez & Gardey. (2013). *Definición.de*. Obtenido de https://definicion.de/victima/

Personas Tóxicas: 19 Características y Cómo Tratarlas, R. (2019). Obtenido de https://www.lifeder.com/personas-toxicas/

Piñuel & Zabala. (2001). *Mobbing: como sobrevivir al acoso psicológico en el trabajo.* Santander: Ed. Sal Terrae.

Psicologosoviedo.com. (5 de junio de 2018). Obtenido de https://psicologosoviedo.com/especialidades/problemas-laborales/mobbing-consecuencias/

Rengifo, C. (2017). *Mente Profesional*. Obtenido de http://www.menteprofesional.com/claves-reconocer-liderazgo-toxico/

Rubín, Alberto: Personas Tóxicas: 19 Características y Cómo tratarlas. (2019). *lifeder.com*. Obtenido de https://www.lifeder.com/personas-toxicas/

Significados. (24 de marzo de 2015). Obtenido de https://www.significados.com/toxico/

Stephenson, W. (1982). Q-methodology, interbehavioral psychology, and quantum theory. *Psychological Record*.

Torres, A. P. (2018). *psicologíaymente.com*. Obtenido de https://psicologiaymente.com/personalidad/personas-envidiosas

Torres, P. r. (2019). *psicologiaymente.com*. Obtenido de https://psicologiaymente.com/personalidad/personas-rebeldes

Tratarlas, P. T., & A. R. (s.f.).

Westermann, D. (20 de Diciembre de 2017). Preparing Millennials to Lead. Is your organization prepared for millenial leadership? US.

Ziglar, Z. (2000). *Impulsándote hacia el siguiente nivel: consiga la inspiración y sabiduría necesarias para alcanzar sus mayores sueños.* ASOCIACION DE ENSEÑANTES DE EDUCACION.

www.ingramcontent.com/pod-product-compliance
Lightning Source LLC
Chambersburg PA
CBHW022021170626
46808CB00003B/1010